U0511908

顾　问＼王世华　洪永平

主　编＼潘小平

副主编＼陈　瑞　毛新红

总策划＼金久余

策　划＼潘振球　程景梁

程慕斌　邵之惠　章灶来　　著

绩水淌过旧光阴

JISHUI TANGGUO JIUGUANGYIN

全国百佳图书出版单位

时代出版传媒股份有限公司
安徽人民出版社

图书在版编目（CIP）数据

绩水淌过旧光阴 / 程慕斌，邵之惠，章灶来著 . — 合肥：安徽人民出版社，2018.6（乡愁徽州 / 潘小平主编）

ISBN 978-7-212-09956-5

Ⅰ.①绩… Ⅱ.①程… ②邵… ③章… Ⅲ.①散文集—中国—当代 Ⅳ.① I267

中国版本图书馆 CIP 数据核字 (2017) 第 304008 号

潘小平　主编

绩水淌过旧光阴

程慕斌　邵之惠　章灶来　著

选题策划：胡正义　丁怀超　刘　哲　白　明
出 版 人：徐　敏　　出版统筹：徐佩和　　责任印制：董　亮
责任编辑：蒋越林　　装帧设计：宋文岚

出版发行：时代出版传媒股份有限公司 http://www.press-mart.com
　　　　　安徽人民出版社 http://www.ahpeople.com
地　　址：合肥市政务文化新区翡翠路 1118 号出版传媒广场八楼
邮　　编：230071
电　　话：0551-63533258　0551-63533259（传真）
印　　刷：安徽新华印刷股份有限公司

开本：880mm×1230mm　1/32　印张：8.25　字数：155 千
版次：2018 年 6 月第 1 版　　2018 年 6 月第 1 次印刷

ISBN　978-7-212-09956-5　　　　　定价：39.00 元

乡愁深处是徽州

潘小平

家庭是中国人的宗教，乡愁是中国人的美学。

每一个伟大民族，对世界文学都有着自己独特的贡献：俄罗斯因幅员辽阔，横跨欧亚大陆，为世界文学贡献了巨大的贵族式悲悯和波澜壮阔的美感；法国文学因是摧枯拉朽的法国大革命催生的产物，充满了大革命的激情和憧憬，从而形成了浪漫主义的文学品格；十八世纪至二十一世纪，批判现实主义作为英国小说的优秀传统，一直是主导英国小说创作的主流；而中华民族对于世界文学的独特贡献，则可用"乡愁"二字来概括。"乡愁"更是一种文化、一种传统。

什么是"乡愁"？"乡愁"就是故乡的土、故乡的人、故乡的老屋和老树，是儿时傍晚母亲的呼唤，是海外游子对家乡一粥一饭、一草一木的眷恋，是诗人李白"举头望明月，低头思故乡"的怅然。中华文明绵延数千年，发展出了独特的价值体系和审美体系。李白的"举头望明月，低头思故乡"，崔颢的"日暮乡关何处是，烟波江上使人愁"，王安石的"春风又绿江南岸，明月何时照我还"，李益的"不知何处吹芦管，一夜征人尽望乡"，岑参的"故园东望路漫漫，双袖龙钟泪不干。马上相逢无纸笔，凭君传语报平安"，等等，不仅表达了悠悠不尽的思乡之情和漂泊之感，更表达了一种笼罩于具体思绪之上的对"故乡故土"的思念。因此中国人的"乡愁"，不单是对自己生活过的具体的故乡、故土、故人、故物的不舍，也是对整个中国历史、整个文化传统的感念，是浓缩了的"故国时空"，是审美化的民族情感。它不仅是地理的，还是历史的；既是个人的，也是民族的；既是情感的，也是审美的；既是具体的思念和愁绪，也是一种无形的氛围或气息，氤氲缭绕，久久不散。它可以是屈原时代的汨罗江、抗战时期的嘉陵江，也可以是苏东坡的长江；可以是杜甫的江南、李白的江南，也可以是郁达夫的江南。这就是所谓的"文化乡愁"，代表了中国人的一种历史归宿感和文化归属感。

表达和抒发"文化乡愁"，是我们组织编撰这套丛书的初衷，也是它的精神指向和情感指向。

相对于今天的人们来说，徽州是一个古老的地理概念，它包括绩溪、歙县、休宁、黟县、祁门和今天已经划归江西的婺源，以及在一定历史时期同属于徽州民俗单元的旌德和太平。进入皖南山地之后，峰峦如波涛般涌来，能够感到纯粹意义的地理给人带来的震撼。从地理环境上看，徽州自古以来就是一个独立的单元。早在南宋淳熙《新安志》的时代，徽州就有"山限壤隔，民不染他俗"的说法。所谓"山限壤隔",是说徽州的"一府六邑"处于万山环绕之中,是一个具有相对独立性的地域社会;所谓"民不染他俗",是指在一个相对封闭的地理环境中,徽州逐渐形成自己独特的风俗和民情,成为一个独立的民俗单元。从唐代大历四年(769年)开始,到明清之际,徽州的辖区面积一直都比较固定。据道光《徽州府志》卷一《舆地志》记载,清代徽州府东西长三百九十里,南北长二百二十里,如果采用现代计量单位,总面积为12548平方千米。

山高水激,是徽州山水的特点,因此进入徽州,桥梁会不断地呈现。那都是一些老桥,坐落在徽州的风景中,画一般静默。不知为什么,徽州的老桥,总给人一种地老天荒的美感。常常是车子在行驶之中,路两边的风景一掠而过。蓝天、白云,树木、瓦舍,在山区的阳光下,水洗一般的清澈。突然,一座桥梁出现了,先是远远的,彩虹一样地悬挂,等到近一些了,才能看清它那苍老而优美的跨越。这时会有一些并不宽阔的溪流,在车窗外潺潺流淌,远处有农人在歇息、牛在吃草。

不知道那是一条什么河,也不知道它最终流向哪里去,在徽州,这样叫不上名字的河流溪水遍地流淌,数不胜数。"深潭与浅滩,万转出新安",所以人在徽州,最能感到山水萦绕的美好。在徽州的低山丘陵间,新安江谷地由东向西绵延伸展,它包括歙县、休宁和绩溪的各一部分,面积超过一百平方千米。这就是我们平常所说的休屯盆地,在徽州,它甚至可以称得上是一望平畴了。这里土层深厚，阡陌纵横，鸡犬相闻，缭绕着久久不散的炊烟。迁入徽州的许多大家望族，都居住在这一带，一村一姓，世代相延。有时翻过一道山岭，或是进入一条溪谷，会突然发现其间烟火万家，那便是新安大姓聚族而居的村落了。在徽州，聚族而居是一种普遍的风俗。因此徽州的村落大多屋宇错落，街贯巷连，醒目的粉墙黛瓦，富有鲜明的皖南民居特色。徽州的街巷，也多是青石铺成，路两边的沟渠里，长年流水淙淙。徽州老屋，是中国大地最具辨识度的建筑，"有堂皆设井，无宅不雕花"，是对徽州民居的最准确的形容。"堂"指阶前，"井"指天井，徽州建筑所谓的"四水归堂"，是指将住宅屋面的雨水集于天井之中。徽州民居的各个部分，主要是门楼、门罩、梁架、窗棂、栏杆等处，都饰以各类雕刻，"徽州三雕"艺术，就集中体现在这些地方。

在徽州的村落里，耸然高出民居的最雄伟宏丽的建筑，是祠堂。祠堂是全宗族或是宗族的某一部分成员共同拥有的建筑，具有重要的社会意义。名宗右族，往往建有几座甚至几十座祠堂，祠堂连云，远近相望，是徽州一个重要而独特的现象。而牌坊是与民居、祠堂并存的古建筑，共同构成徽州独具一格的人文景观。"七山一水一分田，一分道路加庄园"的自然环境，造成了徽州人深刻的危机意识，为了生存，人们蜂拥而出，求食于四方。徽谚所谓"前世不修，生在徽州，十三四岁，往外一丢"，由此形成了一支强大的商业力量，史称徽商。徽商的经营范围，以盐、典、茶、木为主，而徽商中的巨商大贾，大多是盐商。明代万历年间，徽商逐渐取得了盐业专卖的世袭特权，他们大都宅居于长江、运河交汇处的扬州一带。明清之际，江浙共有大盐商三十五名，其中二十八名是徽商。几百年来，徽商的足迹无所不至，遍及天涯海角，在东南社会变迁中扮演着重要的角色，以至于在江南一带，有"无徽不成镇"的说法。

今天看来，徽商重大的历史贡献，在于它以雄厚的财力物力，滋育出了灿烂的徽州文化。从广义的文化范畴来看，徽州地区在徽商鼎盛的那一历史阶段，一切文化领域里的成就，都达到了当时我国、有些甚至是当时世界的先进水平。比如徽州教育、徽州刻书、徽派朴学、新安理学、徽派建筑、徽州园林、新安画派、徽派篆刻、新安医学、徽派版画、徽州三雕、徽州水口等。而这一时期，徽州的自然科学、数学、谱牒学、方志学，也都有了很大的发展，并且富有特色。徽剧和徽州菜系的诞育与形成，更是与徽商奢侈的生活方式有关，所以梁启超才在他的《清代学术概论》中，把以徽商为主体的两淮盐商对乾嘉时期学术的贡献，与南欧巨室豪贾对欧洲文艺复兴的贡献相提并论。清末民初，安徽涌现出那么多的思想家和精神领袖，是明清两代经济文化积累的结果，流风所至，一直影响到"五四"前后。

而今天，这一切还存在于大地，在新安江沿岸，至今还留有一些水埠头，比如渔亭、溪口和临溪，比如五城、渔梁和深渡……而古老的新安江也一如既往，日夜奔流，两岸的老街、老屋、老

桥，祠堂、牌坊、书院，在太阳下静静站立，被时光淬过的木雕、石雕和砖雕，发出金属般久远的光芒。而绵长如岁月一般的思绪，在作家们的笔下缭绕，给你带来人生的暖意和无边的惆怅。

徽州还好吗？老屋还在吗？曾经的徽杭古驿道，还有行旅吗？

乡愁深处是徽州，徽州深处是故乡。

2017 年 12 月 1 日

于匡南

目录

在脊背上行走与仰望

初秋的一天，乡下的姐夫准备盖新房，请我过去。这天大概就是所谓的黄道吉日，秋高气爽，在一片菜园地里，大家正在画线钉桩。父亲说，按照风俗需要请老郎神，祭拜土地。

于是，父亲用黄表纸、纸金银、红纸、烧香等老物件扎成老郎神，供奉在旧房梁下，姐夫和姐姐祭拜老郎，然后端着贡品来到宅基地，拜土地爷。

这老郎是何方神圣？父亲说，在徽州，特别是绩溪，民间造房子要先拜老郎，据说他是鲁班的高徒，后来成了建筑业的老祖宗。做房子是徽州人一辈子的大事，马虎不得，祭老郎图的就是一个吉利。

我终于明白，绩溪方言中评价一个人办事老道、稳妥，就说他"很老郎"，原来典出于此。

宅基地里刚放完鞭炮，姐夫便抡起锄头开挖，此时，从村庄的水口方向，又传来一阵炮仗声。我们循声望去，原来是有人结婚，一顶气派的徽式花轿颤颤悠悠地走来，新郎头戴官帽胸佩红花，在前头引路，媒婆散发喜糖，唢呐震天，爆竹欢响……凑巧，在拥挤的人群里，一个人吸引了我，只见他抽着精致的旱烟筒，这只烟筒铜皮银心，看样子年头不小，一问竟比我还大几岁，他打趣地说，俺这只烟杆快成明星了。

※ 乡村里的老婚俗

今天真是个黄道吉日，竟在同一天的同一个地方邂逅这些习俗，仿佛穿越了旧光阴。

放眼绩水徽山，其实有许多地方，正以各自的方式收藏曾经的美好和快乐。

※ 绩溪"望翚门"

在江南，绩溪就像一个特立独行的小伙，又如一位袅袅婷婷的姑娘。其地势最高，通常被称作"宣徽（歙）之脊"（翚岭即徽岭），方圆一千多平方公里，十八万儿女，生活在"黄山与天目山的结合部，长江和钱塘江的分

※ 皖浙边界天目山脉

水岭"。正因为在两大名山的结合部，两大水系的分水岭，注定孕育出不同寻常的"山魄"和"水魂"。

※ 中国新文化运动先驱：　※ 中国近代著名富可敌国
　绩溪胡适先生　　　　　红顶徽商：绩溪胡雪岩

如此"山魄水魂"，造就了不同凡响的历史和文化，在绩溪，随意踩踏一块石板，就会触动一个朝代，随意走进一座民居，就会偶遇一个名人。因在脊背，千溪发源，这里也成了徽州文化和乡愁的源头。千百年来，在脊背上倔强、艰难行走的人们，靠着"芒鞋踏破岭头云"的精神，不断仰望历史和远方，在徽州与天最近的地方，书写着瑰丽和传奇。

大年三十，北村就忙了，四十岁的男丁值年，在祠堂里举行盛大的"祭社"仪式，这是一种流传数百年的古老祭祀活动。家里豢

养的社猪壮如牯牛，重达
三四百斤，精心装扮以后
抬至祠堂"进贡"，一排
社猪齐刷刷架在供桌前，
人们非常虔诚地祭拜祖灵
和社神。全村做包做粿，

※ 赛琼碗上的社猪

见者有份，管吃管饱，晚上夜幕降临，全村欢舞板凳龙，一家一条凳，
接起来就是一条长龙，街巷里弄，一片欢腾。

正月初四，伏岭村的戏迷们坐不住了，在村里的老戏台，一场

※ 赛琼碗上的祭祀队伍

※ 绩溪龙川胡氏宗祠牌匾

年年都要上演的徽戏又开锣鸣唱了。"锣鼓响，脚板痒"，绩溪人特别爱看戏，徽戏在这里扎了根，开了花，长成了大树。当年，伏岭村的戏班响当当，徽戏闹台非常热烈，就连小孩子也不甘示弱，争抢着学戏，童子班从此一炮走红，成了香饽饽。在村中的祠堂，一百多年前置办的戏服、盔头，还有手抄的工尺谱至今仍完好地躺在柜子里，刺绣和做工特别考究。

※ 龙川胡氏宗祠

元宵节刚过，汪静之的岭北古村落余川的村民们就忙着汪公祭祀了，火狮舞、火马舞、龙舞轮番上场，舞动着整个村庄。不管老的少的，男的女的，全村个个参与，还有回村过年的，在外打拼的，一个不能少。村庄沸腾了，火狮喷出的浓烈火焰，燃烧着人们的欢乐心情，火马的急切马蹄声催促着幸福的脚步，一条条长龙在村中游动，欢快的锣鼓和震天的唢呐，叫醒了大会山的春天。

三月三，踏青忙。登源河的上游石川村，一百多人，一色古老服装，抬着五帝，游着龙舟，跳着大旗，百年前轰轰烈烈的船会"复活"了。在村口的山头上，一座五帝城赫然在目，人们争相在此祭

※ 石川村五帝城

※八月中秋舞草龙

祀炎黄始祖，不远处的女娲庙气派庄严。一个小小的村落，居然会有这么多的老光景，这究竟是历史的眷顾还是山村高士有意为之？

大石门村的太尉庙颇有几分看点，但每逢春节、中秋的草龙舞更有嚼头，日插芙蓉夜插香，男人舞公龙，女人舞母龙，雌雄比拼，男人比的是力道，是狂野，女人拼的是娇柔，是妩媚。

※油菜花里的民俗游艺

湖村的秋千台阁，那是流动的戏台，精致雕琢的花车转阁和台阁上，戏装彩扮的孩童凌空表演，叹为观止。当一架架台阁走出祠堂，走进村巷，走过路旁的一个个稻草垛，人们蜂拥而至，为艳世的绝技绝活叫好。

上庄的姑娘们跳起了火马舞，宋家村的孩子们舞起了小手龙，荆州的小伙子耍起了筛钗、拨钗……

绩溪人诗意地栖居在这片山水中。

※ 秋千台阁走到敬亭山麓

总有这样的人，他们就像是历史长河中的"水踏步"，连接着过去和将来，让今天的人们可以踩着这些石头，回溯过去的时光，甚或将来的某一天，能在遥远的彼岸，向曾经的过往打个响亮的招呼。

他们就是一群在山脊上艰难前行，不断仰望星空和岁月的人，

※ 村里的"水踏步"

当中有各级非物质文化遗产代表性传承人，有乡土文史研究者，还有更多的民间艺人，他们或许没有高深的学问，但一开唱，就是清纯质朴的乡野民歌；一动手，就是一套精美绝伦的徽州木雕家具；一开笔，就是一幅古色古香的墙头画；一转身，就是一段原生态的绝妙舞蹈……

一个在县运输公司退休的老人，居然把古老的徽池雅调唱得如痴如醉，唱念做打舞，样样精通，他将自己的一生所学毫无保留地传授给年轻一代，当专家调研邀请他座谈时，他竟数度哽咽，为徽戏的命运焦虑万分。

一个在村里当了十几年村长的老农民，卸任之后，举债办起了民俗队伍，恢复了消逝已久的传统文化，不顾身体的病痛，不惜家人的反对，不怕越积越高的债台，执拗地走在乡村文化之路上。

一个走路蹒跚的乡下老头，看上去非常沧桑，谁也想不到，农闲时候他就猫在茅舍里，捣鼓着上百件工具，几十年如一日，硬是雕刻出不少木雕精品，还收到过中南海的感谢信，被报纸誉为"农民雕刻家"。

一群村里的老奶奶，痴迷于当地的老民歌，组成了歌唱队，在祠堂里唱出了徽州民歌的乡土气息。

我们也试图用文字搭起一串"水踏步"，用笊篱打捞一段旧光阴，俯拾起一片淡淡的乡愁。

那一头来自远古乡野的㺔，至今仍活跃在伏岭的山村之中；履和堂里的历史就像一部内容厚重的电影，一幕幕旧时光景和市井生活，蒙太奇般呈现在眼前；乡味扑鼻的拓馃，是绩溪人的舌尖上的家乡，离家日久，拓馃如同那轮明月，满是母亲的味道；柴叶豆腐背后的传说，是一泓静心的清泉，泛起了感动的涟漪；当我们迈开双腿，走过一张纸的距离，触摸到当下的繁华和古老的沧桑颓败，感受文明的嬗变和历史的变迁；乡关何处？每个人都会经历关口，家乡的关隘何尝不是情意的关口呢？吟一段童年的歌谣，唱一曲故乡的小调，任思绪纷飞，雨打芭蕉，

※ 绩溪拓馃

家乡熟悉的旋律，那是永远的心曲；绩溪人善于经营生活，雕刻生活，他们把生活中的每一个细节都当成艺术品，精雕细琢，这不是一种浪漫情怀吗？秧苗的成长，伴随着农家人的苦与乐，围绕着秧苗的一生，发生了多少故事，每一个故事，都值得我们细细品味；读书改变命运，多少农家子弟，靠着书本走天下，多年沉寂之后，文庙又传来读书声；故土难离，叶落归根，家乡，对于游子那是望不断的乡，流不尽的愁，只好把思念深埋，砥砺前行，在信息发达交通快捷的今天，我们还能体悟当年的乡情吗？

文字应该是有温度的。愿我们打捞的这片旧时光，能给你一种温馨和温暖，就像冬日午后，躺在自家庭院里的摇椅上，眯上眼睛，几缕阳光打在身上，一股暖流静静地淌进心里。

情重乡关

乡土是根。故乡情重。游子出外闯荡世界，无论走多远、走多久，无论是成功之时还是气馁之际，只要回首遥望，便会感悟：故乡是你力量与勇气的源头，故乡是你人生的始发站也是你生命的永久栖息地，故乡是你远方有为的子孙手中那本读不厌、续不尽的乡土童话集。

我的故乡是丛山关内、老芜屯线边一个名不见经传的只有几十户农家的小村石街头。村尾离丛山关仅千余米之距，因丛

※丛山关龙丛源古道入口

※丛山关老铁路桥

山关名气大，又是同属一个行政村之故，我对外宣称是当然的丛山关人。我的故土之情随着居城日久而渐浓渐重。遥想老家那草垛旁，融融冬阳暖着的老黄牛在悠然嚼草；那篱笆墙头上，谁家一只红毛公鸡扯开嗓子在鸣唱乡韵；那缭绕夕烟上升与灿烂晚霞组成一幅玄妙彩绘在山头不肯散去；还有那刚出笼的水馅包，香喷喷的苞谷馃……无不在我的梦境中深入浅出。

一个融融冬日，我又一次来到故乡丛山关。满眼的翠绿，煞似阳春。漫山遍野的竹林、青松、混交林与几条小溪流交织成诗意盎然的山水画屏；而村中却多为新盖的楼房，阳台、花圃、鱼池……少了粉墙黛瓦马头墙的民居，便少了几分古朴，添了几许洋气。我们的山民毕竟跨入了新世纪，你没理由一味要求他们沉浸在古典王

国的氛围中。别看这
里不超过五十户人家，
只是一个毫不起眼的
小山村，但由于它位
于绩溪县版图中心地
带扬溪镇去北不足十

※ 绩溪城北水关

华里的地方，在三百余年前，那可是一个具有战略意义的重要关口。
当下的我看到的既是丛山关遗址，又是丛山关新村。那原先头脑中
固有的古老而神秘的印象——关寨、瞭楼早已被历史的风雨雷电销
蚀得斑驳陆离、所剩无几；旱关城、水关城的陈迹也遗下不多。然
而，这天造地设的险峻山形，却让人不难想象出当年的雄姿和旺势。
两列青山对峙，当中是狭长的沟壑，芜屯公路和皖赣铁路俨如蓝天
中超音速飞机尾部那并行不悖的银线从北笔直地穿关而来，昂首向
南别关而去，直至隐匿在很远很绿的群山褶皱之中。屹立关上，面
北鸟瞰，左侧，龙丛源流从山涧向关外冲撞——嘿！遥想当年那水
关城大闸一开，蓄洪猛兽便奔涌着呼啸着向北冲卷外患；而旱关城
头，将士击鼓呐喊，一俟水势大去，便倾兵出关收拾外患"落汤鸡"。
水关、旱关，相辅相成，如此击敌，可谓设关一绝也！站立关上，
登高临下，倾听古人的"发号施令"，又闻现代机车奏鸣，穿关飞

驰，不由得令我在发思古之幽情之外，顿生几分"而今迈步从头越"的豪情。

不错，现在站在关上，脚下便是这样的所在：倘若在雨天，你撑着的雨伞上面沥下的雨水，有一半将急匆匆向北溜去，一路浅唱低吟，经水阳江、青弋江，渐汇渐大，终于酿成大势，吼着、哮着奔向波澜壮阔的扬子江；另一半则朝南流淌，九曲回肠，百折不挠，经徽水、练江、新安江，闯入浩浩荡荡的钱塘江。这儿是真正的地理学意义上的分水岭，我就站在这高高的分水岭之上。

※ 清凉峰上迎客松

绩溪县的地势高于周边县市，从南北纵向而眺，素有"宣徽之脊"之称，而丛山关又是"绩溪之脊"；从东西横向而望，东部山岭属天目山余脉，西部山岭属黄山余脉，扬溪镇的石头街村至丛山关村则是两脉的结合部。因丛山四合，中有通道，居高临下，地势险要，故筑关最为合适。据《省志》《府志》《新安志》《县志》等典籍记载，丛山关原为永安镇，为歙、宣两州的界关。明清曾在此垒石为关，上置楼橹，下设铁门，屯兵驻守，按时启闭，有"一夫当关，万夫莫开"之势。看官，说到这当儿，请听我细表两位与丛山关生死与共的历史人物：明末徽州人士、抗清名将金声和江天一。

金声，字正希，号赤壁，徽州休宁瓯山人。其父经商，常年在外。金声从小聪敏，十一岁就被父亲带到湖北投师授教。他的文章写得相当出色，备受先生赏识。但金声志向不在"大块文章"，而在定国安邦。他在崇祯元年中进士第，官庶吉士。清兵进逼北京之际，金声上书建议破格用人御敌，可惜朝上无慧眼识英才，故愤然辞职复归故里。弘光帝时擢升为左佥都御史，却坚辞不就。此时，清兵势如破竹，不到半年就占领华北诸省。南京失陷后，金声猛惊，即与学生江天一起兵抗清，分兵扼守关隘要道，一时应者云集。

且说金声弟子江天一，字文石，号淳初，歙县江村人。他出身于书香门第，然父亲去世很早，幼小时便挑起侍奉母亲、抚养幼弟的重担。江天一自幼爱读书，为人正直。有一年，他听说休宁县名士金声正在复古书院讲学，立即登门造访拜师，后来成为金声高足，通晓诗赋，远近闻名。

※ 绩溪县城南门城楼，门楼匾额上"众志成城"为抗战期间国民政府县长程必祝所书

公元 1644 年，金声与江天一两位徽州人士，文武之道，相互配合，一路驰骋，横扫清兵，相继收复宁国、旌德、泾县、宣城等地，声振一时，威名远扬。

然而，大批清兵终于蜂拥而至，外围诸县城池相继失守。金声与江天一重整旗鼓，死守号称"宣徽之脊""徽州大门"的丛山关。此时的丛山关，将士与百姓凭借地利人和，众志成城；关外清兵久攻不克，一筹莫展；胶着、僵持成为一时的战争奇观。万没料到应了徽州一句民谚：冬瓜内里烂。也是徽州人士的明朝御史黄澍，时已归降于清，但身穿明装，诈称带兵增援，混入距丛山关仅三十五华里的绩溪县城内，与清兵里应外合，致使丛山关守军腹背受敌，虽极尽惨烈拼死厮杀，终于失守，成为清兵俘虏。

金声与江天一誓死不降，被押解南京，降清将领洪承畴因与金声系同年进士，意欲向上邀宠，力劝金声投降，不料遭到一顿臭骂。1645 年 10 月 8 日，一个狂风呼号的日子，在南京通济门，金声与江天一端坐刑场，仰面饮刃，慷慨就义。

※ 蓝印木刻本，清《江止庵遗集》（2 册）

金声有《金太史集》存世，江天一则有《江止庵遗集》八卷留史；在黄山始信峰，曾任中共统战部副部长的李一氓，重书江天一"寒江子独坐"题字，刻碑嵌于峰顶石壁，铭记抗清烈士于天地间永存。

风雨沧桑三百年。见证了抗清名将金与江的丛山关成了古新安的象征、老徽州的北大门、古良安的地标。之后的丛山关，曾在七十余年前，见证过一阵微弱的火车汽笛声轻拂过古老且衰败的关栅。然而，接踵而来的却是关内老龙潭翻车的巨响。如今丛山关村的老人还向我讲述了这样一个故事：当年，日寇到了芜湖，为了御敌于"徽大门"之外，国民党政府指令炸掉丛山关之外的缓冲带"38"

※ 胡田古桥

号桥。惊恐万状的蒋介石空军竟然听错命令，惶惶然炸掉关内外整整 38 座桥。一个拥有先进装备的军队竟窝囊到如此地步，金声与江天一在天之灵倘若有知，真要笑掉大牙。

丛山关，你几度风雨烟云，终于到了 20 世纪 70 年代。当中国援建坦赞铁路的工程技术队伍分批回到祖国，一部分工程技术人员来到你身边安营扎寨之时，丛山关，你惊奇了，你惊奇地注视着这支筑路大军。他们不为打仗而为火红的铁路建设而战：勘测、修路，奋战不息。老龙潭仍旧是老大难。那个几十年前曾使"京滇大国道"上首趟机车倾覆的老龙潭，80 米地段之内，上面是软软的黄胶泥，下层是犬牙交错的石灰岩溶洞，像一只拦路虎横在铁路建设者面前。筑路大军硬是顶着凛冽的朔风和滴水成冰的严寒，疏导了地下泉水，

掏走了全部烂泥，在深潭中浇灌水泥钢筋基础，保证了全线的如期
铺轨。当皖赣铁路全线贯通时，铁建工人和当地乡民一时欢呼雀跃、
锣鼓喧天，庆典盛况空前。白发苍苍的已经退休多年的总工程师胡
艾轩忘情地赞叹：成功了，造福了！丛山关，你是最好的见证者啊！
乡关见证历史，乡关也润浸乡情。

由此便联想
到本邑东边的另一
关——江南第一
关，它也一样的风
雨数百年，又见证
了什么呢？它的名
气则与徽商的兴衰

※ 徽杭古道一隅

紧密相联。上溯明清，便有大批游子外出，走徽杭古道，过"徽杭
锁钥"的关口时，每每要伫立沉思：回眸是故乡，忍不住泪洒故土。
往前行是陌生的外省，此一去，路迢迢前程未卜……离家别妻的多
数人，总是一咬牙、一跺脚、猛转身，带着乡愁和梦想，毅然前去，
去往江浙闯荡。浩浩时光之水流去，沉默无言的江南第一关为成就
本邑史上最大的荣光——中国徽菜之乡、中国徽厨之乡两张名片立
下了汗马之功。而今徽杭古道仍在，江南第一关仍在，少了外出游子，

※坑坑村通浙古道石阶

却大大地多了外来游客——这一出一进，折射出时代的变迁，关的功能转换了，关的意涵丰富了。

而本邑的西边鸡公关，虽是一小小的关隘，却也不同凡响另有传奇。关隘处两高峰峡峙之所，居高临下，旧时为歇旌之要喉。鸡公关的名气，缘于 1944 年初夏，新四军游击队与国民党军的一场伏击战。这一战，新四军仰仗天然险屏，未折一兵一将，大获全胜，缴获敌人子弹 29 箱，计 2 万余发；缴获意大利手榴弹 50 箱计 1000 枚；俘获敌军官兵 3 人。这一战使得当年处于江南危机中的弱小新四军大大地舒出一口气，打出了军威，震挫了敌人，鼓舞了百姓。

追古抚今，感慨良多。放眼四顾，如今我足下的丛山关，早已不成其为"关"，然"关"的精气神犹在！你瞧，老皖赣线上，提速后的现代崭新机车往返南北过"关"，那是箭一般洞穿而过，恰似关上守军击鼓飞鸣镝；修整拓宽后的老芜屯公路平坦如砥，使原

※ 坑坑村口的那道石门

本爬关的大陡岭平缓得几近平安大道，大小车辆分道往返，疾驶而过毫不"喘息"；紧邻的东向，平行着新建的宁绩高速更是风驰电掣，气贯长虹。不见了关寨瞭楼，但见山峦起伏、郁郁葱葱、鸡鸣狗吠、儿童唱读，好一幅山村新居图。

从来的关隘，皆不外乎抵外患，防盗贼，查人流，交赋税。关卡与城墙，自然地成了阻隔民族或部落交往的人为屏障。其功在此，其过亦在此。而关隘的功过在历史学家眼中，同样有价值——我们历史地看待"关"、善待"关"，后来人同样也会历史地看待我们。以我的眼光来看，凡"关"，无论是著名的还是普通的，皆是地势与人气的凝固点，自然与人文的交汇处；凡"关"，皆有或悲或喜或传奇的故事在特定时空中演绎开去；凡"关"，无论兴衰冷热，

于今皆有借鉴与审美的价值。"关"之故事有嚼头，关关皆然，丛
山关也非例外。如今，关内徽州关外宣州不就是一个大家庭么？还
是休养生息其乐融融的大家庭。今日之"关"虽不关，有形也罢，
无形也罢，皆成了历史，成为一段记忆、一块擦痕、一种人文积淀。
你看，如今新铁路桥与旧桥墩同在；高速公路与普通公路并行；顺
水关城而下，那咿咿呀呀的老水碓与轰轰隆隆的新电碾共鸣；村中
年近百岁的"老黄埔"会给你缓缓地讲述当年的缅战风云，年轻的
村长则绘声绘色于他的农技新闻……又无端地联想到我们家族，小
而言之小家庭，退休后的我大姐和大姐夫还是回到故乡我们家的老
房子里居住。大姐同乡亲们讲，有这家族大本营的存在，每逢清明节，

※ 作者到乡间探访

大妹、小妹和小弟各家来老家祭祖，也好有个落脚的地方吧。后来这话传到我和二姐、三姐耳中，我们顿然唏嘘不已，自责未尽孝道，上愧对祖宗、下愧对乡亲……皆落泪了。

　　想来真乃五味杂陈哦……我来丛山关，只是凭吊古人吗？只是讴歌新村吗？不仅如此吧。故乡丛山关，既是吾乡、吾土、吾关，在我眼中，遗存不多，雄风仍在，仍然顽强地闪烁着不可磨灭的古之芒、今之辉；故乡丛山关，于我而言更是一种浓得化不开的乡音、乡韵、乡情的记忆。这记忆有一种望乡思归的力量。老家常让我昼思夜梦：乡关情重，情重乡关呵……

望不断的乡 流不尽的愁

"同样的乡音，别样的人生。"

这是绩溪电视台五年前开设的栏目《天下绩溪人》的宣传语，这是一档记录旅外绩溪人如何"闯天下"的人物专栏，我有幸参加了栏目的策划并随节目组赴合肥录制首期节

※ 镇头村里舞狮子

目。这句话是我向栏目组负责人建议的，甫一提出，便引起了大家的共鸣，遂毫无争议地贴上了栏目宣传语的标签。

※ 晒制干菜备远行

　　记得首站在合肥采访的是年逾九旬的章安翔老人和年届耄耋的郭因先生。

　　几经寻访，我们终于踏进了章老的宿舍。见到我们，章老显得非常激动，他迎到门口逐个和我们握手，他的手像一张斑驳的老树皮，却很温暖，他使劲地捏着我的手，我看到他的眼里隐隐地噙着泪花。屋内摆设很朴素，这和章老给人的第一印象极为吻合，客厅里摆放着两张偌大的作战地图，上面标注着行军路线，很打眼。章老九十多岁了，但是精神矍铄，说话铿锵有力，老兵的风采依旧。一阵寒暄过后，他向我们诉说了一生的不凡经历，他说自从七七事变后投笔从戎，1939 年参加了八路军，1945 年起担任晋冀鲁豫军区司令员刘伯承、政委邓小平的警卫连连长，1947 年后历任第二野战军司令部作战参谋、作战科长，解放后转业，在省图书馆馆长的位置上退了下来。随即，他走到地图前，向我们介绍当年的作战经历，老人

※ 绩溪老汽车站

情绪亢奋，仿佛一下子年轻了，回到了战火纷飞的峥嵘岁月。

突然，老人说话的声音低沉了，几近哽咽，我们的摄像师及时捕捉了这个瞬间，老人颤颤巍巍地说，年轻的时候一身抱负，毅然决然地离开家乡，从此踏上万水千山，但是对故乡的牵挂和想念一刻也没有停止，越是在危险和困难的时候，越是强烈，那个年代通信不畅，只能遥望残月寄托心里的念想了。说到情深处，泪水从老人的眼角滑落下来。

告别了章老，我们来到了琥珀山庄采访著名美学家郭因先生。郭老是一头名副其实的"绩溪牛"，一生耕耘在文艺之路，在自己苦心经营的"农田"里种出了"超级水稻"。郭老曾经在文章中动情地回忆家乡："我的家都被包围在绿色的海洋中，童年、少年那些日子，那种徜徉在绿色的土地、绿色的山谷、绿色的河流中的日子，总是难以忘怀，不胜向往……"

　　与想象中的不谋而合，郭老瘦弱的身躯、舒缓的脚步，略带几分沙哑却富有磁性的声音，慈祥和蔼的神情笑貌，一副典型的知识分子儒雅形象。在他的"非非斋"，郭老讲述了小时候在家乡的难忘时光，离开绩溪的艰难抉择和后来的艺术发展之路，娓娓而谈，就像隔壁一位熟识的老大爷，完全没有一丝大学问家的架子。叶落归根，郭老多次回到自己的家乡，情系桑梓的游子心跃然于外，"这辈子身是回不去了，但这颗心始终萦绕在绩溪的山水之中。"郭老的一片深情感动了在场的每一个人。

　　按照节目创意，每一位接受采访的游子，都要对着镜头用独特的绩溪方言，说一句："我是绩溪人，我爱我的家乡。"浓浓的乡音透过电视银屏，穿越了时空，激起绩水阵阵涟漪。

　　当节目组离开的时候，两位老人都真情挽留，依恋不舍，他们迈着蹒跚的脚步，一直将我们送上车，直到车子走远，才肯离去。当我坐在车里，回望老人的

※ 绩溪最古老的石桥——徽溪桥（俗称下三里桥，《新安志》有记载），1996年拆除

身影，看到他们张望的眼神和挥动的手，百感交集，我们像是亲人的告别，短短的几天相处，我们俨然成了一家人，从小喝着同一条河的水，爬着同一座山，故乡的情愫将我们迅速地裹在了一起。从他们的身上，我真正地体味到了故土难离，"少小离家老大回，乡音无改鬓毛衰"，老人的挥手与张望，是否与他们当年离开家乡和亲人时的场景类似？年少时的那双小手如今已然苍老，岁月平添了许多褶皱，面对望不到的乡，空留下一片无尽的愁。

今人不见古时月，今月曾经照古人。岁月如同一条河，淌过每个人的心底。从历史的幽巷里走来，绩溪这片土地上，演绎了无数的亲人送别的伤怀，许多奔赴他乡的游子，一生再也难以捧起一掬家乡的水，只能对月遥寄乡情之苦。胡适就曾经饱含深情地说："不

※ 绩溪新徽溪桥

可但见小绩溪，而看不到那更重要的大绩溪。"这个大绩溪，就是那些少小离家的游子，他们遍及五湖四海，但不管走多远，离多久，总有一根线牵系着小绩溪，他们一辈子牢牢地攥在手里，害怕一觉醒来，手心是空的，自己就成了无家可归的孩子了。

我一直以为，在徽州，绩溪是特别的，这个被称作"宣徽之脊"的地方，全境竟然没有一条过境水，一滴也没有，这在东部县区是非常罕见的。绩溪的县名由来也与水有关，"北有乳溪与徽溪相去一里并流，离而复合，有如绩焉"，绩溪人特别钟情于水，千百年来，绩水流淌着绩溪人浓郁的乡情和智慧。

就连宋代杨万里也忍不住赋诗赞叹，在《新安江水自绩溪发源》一诗中，极尽溢美之词："金陵江水只咸腥，敢望新安江水清。皱底玻璃还解动，

※ 鄣山峡谷灵秀地

※ 皖浙天路雄姿

莹然醑醁却消醒。泉从山骨无泥气，玉漱花汀作珮声。水记茶经都未识，谪仙句里万年名。"这些"皱底玻璃"折射出千年徽州梦，我想，正因为绩溪的水全部向外流出，绩溪人也追寻着水的方向，纷纷走出大山，走向原野，群山缭绕之间，是水的源头在晃动，不也正是"大绩溪"的心之源头在召唤吗？

如果村庄恰好坐落在山野脊背上，一半村民喝的是长江水，另一半用的却是钱塘江水，你会惊讶地发现，屋脊处的水，将顺着两侧的屋檐，滴落在两边，原先聚在一起的雨珠儿就此分道扬镳，一路北去汇长江，一路南下到钱塘，两滴原本一体的水珠儿，不得不远隔崇山峻岭，只有汇入东海才有相见相聚的机会。

分水岭和水源地的地理风貌，决定了水的特质。这里的人们似乎见惯了这种分离，水的离去无可奈何，人的离去也是无奈的选择。

"前世不修，生在徽州。十三四岁，往外一丢。"绩溪多山，土地贫瘠，为了谋生，也为了有个好的前程，千百年来，许许多多的绩溪人翻山越岭，趟溪过河，孩子离开了母亲，丈夫离别了妻子，从此，绩溪人就像丛山关上的雨滴，硬生生地分成了两路。雨滴顺江而下，到达东海再相会，而像雨滴儿一样多的人们，离开故土，融入五湖四海，消失在茫茫人海，他们或许今生都很难再相会了。

孩子在外，受苦受累怎么办？忍饥挨冻怎么办？受人欺负又能怎么办？留给在家老母亲的只剩一串的问号和无尽的思念、忧心。同样，空守闺阁的妻子，也只能倚窗望月，任目光穿透山峦，在外打拼的丈夫，你还能记起老屋里那个为你而待的姑娘吗？徽州女人，虽然裹着小脚，身子娇弱，但不论是妻子还是母亲，他们都是撑起家乡一片天空的大女人。

自打离开母亲的那一天起，这个十三四岁的小伙子，便长大了。据老辈们讲，老父老母将孩子"丢"出家门，出外闯荡，还要送几样物件。母亲会送一把油纸伞，下雨的时候遮风挡雨，母亲想告诉孩子，做人要像这把伞，顶天立地不含糊。父亲会送一副扁担，这是父亲上山砍来硬木或毛竹做成的，俗话说："扁担无键两头塌"，笃信"赌博钱，水边沿，扁担钱，万万年"的父亲想告诉孩子今后做人做事要牢靠，要像扁担一样能够有担当，不怕压，不怕弯。撑一把雨伞，扛一副扁担，背一个包袱，这个包袱里面装满了拓馃之类的面食点心，土名曰"包袱馃"，这是路上的吃食，总不能让孩子饿死在迢迢路上吧？

临走前，母亲还不忘卷一帘草席，带一根长绳，送给眼前这个可怜的孩子。草席铺天盖地，到哪里都是一张床，寒窑虽破，能避风雨，孩子出门，一张草席还能睡个好觉吗？绳子用来干吗？除了它的实际用途，其实还有一种隐喻，但是不管是父亲，还是母亲，都不愿说出口，年少的孩子似乎隐约懂得了一些，这长长的绳索，是维系我和父母的情感，还是将来一无所有时，无颜回家的另一种归途？到那时，也只有这一条不归之路了，这或许就是绩溪人的宿命吧。

自古以来，"丢"在外面的孩子千千万，我们只记住了成功的一小部分，直到今天，我们仍津津乐道徽商的传奇与辉煌，乐道徽州名人的光环和荣耀，岂不知更多的无名小卒，淹没在茫茫人海，他们也许一辈子也望不到家乡的山山水水，只有流不尽的忧思别愁，烙印在心底，其实，这些普通人的故事离我们更近，更值得我们咀嚼和品味。

绩溪的山，集江南的温婉和西北的粗犷于一身，地处黄山与天目山的衔接带，清凉峰的巍峨挺拔、大鄣山的神奇俊秀、徽岭的逶迤尔雅、大会山的雄伟壮丽……一座座山，接天连日，各显其态。绩溪人是山的孩子，他们终日与山做伴，山的敦实、豁达、伟岸、淡定，全部融汇在了绩溪人的血液里。

绩溪的水，既有女子的婉约又蘸着几股侠气，它从万山沟壑中发源，汩汩潺潺流出，流经山谷，流过粉墙黛瓦，汇成登源河、扬之水、大源河……倔强而又温情。绩溪人天生就是水的孩子，不管择址建村造房，还是农作生产生活，首先考虑的就是水，他们要把一条条

※ 徽岭远眺

溪水做成一首首诗。水的开放、灵性、融合、智慧全都流进了绩溪人的心里，化成身子里的一个个细胞，成了代代相传的基因。

三

每一座村庄，都有水口，这是藏风聚气之地，人们相信，一处好的水口，就是好的风水，能给全村带来好的前程。自然的山水树，人工精心雕琢的桥榭楼阁，构成了园林般的景致。水口，顾名思义是水的出入口，千百年来，也是村人乡情的关口，村口离别的悲戚场景、亲人远眺的焦灼，甚或归乡团聚的喜悦全都倒映在水口的流水里，舒缓的河水成了一部记录影片。

※ 古城老水口

绩溪古城原先也是一座村庄，如今还保存着如此古老幽深的水口林，实在是一件幸事。每天上下班，我经过这片古林，仿佛走入了那段历史。

乳溪从城北汇入扬之河，在五龙岭山麓形成独特的水口景观，古树苍茂，绿荫撑天，这就是古林。古林水口对岸，名为"后外村"，梁大同元年设立良安县（绩溪古称良安）时为县治所在地，今村貌古朴，民居临河而立，与古林隔河相望，见证了古城千年的变迁。

※ 梓舍干村水口

※ 扬之河一角

　　扬之河自板桥头乡发源，经扬溪入县城，一路蜿蜒，两岸青山连绵，景色优美。乳溪并流处，古木发虬龙，几十株古老的枫杨树或俯身戏水，或仰首啸天，或匍匐贴地，或曲走龙蛇，百态千姿，野趣盎然。周边花繁草茂，清波粼粼，鱼跃虾舞，鸟鸣牛饮，一派古韵清幽。游步道和观景台沿河而建，充满徽派气息的古林桥横跨扬之河，古树掩新桥，清风伴明月，鸟鸣林梢间，波涌山城里。行走其间，尽览古城水口奇景，可观千年古林风貌，叹沧海桑田，发思古幽情。

　　秋雾笼罩下的古林，若隐若现，仿若披上了神秘面纱；冬雪覆盖着的古林，更显沧桑质朴，如童话一般；春花垂蔓的时节，古林似乎一下子焕发青春，透出几丝青涩；夏日蝉鸣，蛙声悠远，浓荫蔽日，实乃酷暑中难得一遇的清凉胜地。晨曦中，浣女捣衣声声；夕阳下，行人步履姗姗；斜风细雨里，草木灵动；雨霁初晴后，水光潋滟。真可谓"春秋冬夏，四季景致各异；夜昼晨昏，一日风光不同"。

※古林树下肯起浓浓乡愁

记得多年前，我还是懵懂小伙的时候，从乡下来到县城，第一次走过这片古林，就被古老的气息深深吸引。树林非常茂盛，周围是一畈水田，嫩绿的秧苗整齐地舒展，走在弯曲的田埂上，耳畔传来流水的清唱，伴着鸟鸣，和着清风，踏着轻盈的脚步，多么惬意。时过境迁，田畈里早已矗立起一座座粉墙黛瓦的民居，田埂也已经变成了水泥大道，唯有不变的，就是碧波荡漾的流水和眼前的这片古林。

岁月的潮水没有淹没这片古林，枫杨树的生命力非常顽强。春天，从树下走过，一串串长长的花蕊在打招呼，阵风吹拂，花雨纷纷，亲昵着过往行人。待到秋冬，树叶落尽，黝黑枯涩的枝干恣意地伸展，展示着健美的舞姿和生命的力量。年复一年，古林以自己的方式讲述着古城的故事，见证了多少悲欢离合。

四

如此特别的山水，注定孕育出不一样的绩溪人。

这一天，风和日丽，我怀着对胡雪岩的敬仰，踏访这位红顶商人的老宅。说是老宅，其实已无几分当年的样貌，只是我不甘心，那个从湖里孤身走出去的贫苦少年，凭着一身肝胆闯天下，几番浮沉，终成一代商业帝国，他在此出生、居住的宅子，应该能窥探出一些端倪。失之东隅收之桑榆，老宅附近的一座祠堂，帮衬我刺探到了些许胡雪岩人生密码。

※ 绩溪龙川胡氏宗祠

※湖里村古巷

※湖里胡氏祠堂残垣断壁

我的眼睛细致地打探这座祠堂，绕着外墙走一圈，发现祠堂规格不小，听村里的老人介绍，眼前的这座祠堂是胡氏总祠，年代久远，当年盛况超过我们的想象。可叹无情的岁月像一台碾压机，将精美和繁华碾碎一地。如今，整座祠堂只剩下几堵危墙耸立，残垣断壁，荒草萋生，高大的门楼歪斜地半躺着，像极了一个饱经沧桑的老妇人，蓬头垢面，衣衫褴褛地斜靠在路旁，眼神里充满了幽怨和悲愤。

有人说，残缺是一种美，凄凉是一种美，破败也是一种美，至少从这些残缺、凄凉、破败的表象背后，能找寻出曾经的拥有，也许，破败本身更能魅惑人们去思考和发现。余秋雨就曾说过，废墟是古代派往现代的使节，经过历史的挑剔和筛选，会聚着当时的力量和精粹。

透过残破的门楼和
危墙，我似乎发现了胡
雪岩时代的一些"力量
和精粹"，探知了其成
功背后的某些必然。一
座祠堂就是一座历史，
它是家族的化身，当胡
氏一族的血脉传承到胡
雪岩身上，冥冥中似有
某种机缘，将他推上了
时代的浪尖。别看现在

※登源河畔仁里古埠

※登源河里鸭戏水

的湖里不显眼，古时候也曾经"阔"过，那时叫"通镇"，千年以
前就是个水陆交通发达的通都大邑，非常繁华，曾经有人记述道："道
过胡里，则见其环里而居之者阎屋森森然，夹道而观之者，人物楚
楚然。"在这样的地方，冒出一个胡雪岩，也不足为奇。

这个苦孩子，三岁时就没了爹，靠替人放牛接济家中生活，后
来一次神奇的经历，让他时来运转。在一次放牛途中，不经意捡到
了一个蓝布包袱，他没有贪为己有，而是一直苦等失主，后来失主
找到，包袱里竟有一张二百两银票，失主是个米商，大为感动，见

※ 仁里古水埠石阶

※ 绩溪龙川奕世尚书坊

这个孩子心地善良，天资聪慧，在征得其母同意后，遂带着小胡到了杭州。

这也许是胡雪岩成功之后，乡野的一种杜撰，那个蓝布包袱成就了一代商圣，但我更愿意相信这是真事，说到底，是胡雪岩自己成就了自己。

一个十几岁的孩子，跟着陌生人，搭上村边渡口的小船，沿着登源河，一路顺流而下，一叶小小扁舟，载不动许多愁。或许，少年不知愁滋味，当家乡的宅子、祠堂在眼里陆续退去，母亲和家人在岸边挥动的双手渐渐模糊，他的心底泛起波澜，暗暗地下定决心，母亲，儿子一定会让您过上好日子的。

※绩溪龙川驿道

登源河是一首唱不完的歌，歌声里有欢笑和不尽的惆怅。从这条河，走出了数不清的游子浪客。杨柳岸，晓风残月，一声长箫，几声啼哭，竹筏和小舟，又不知载着何家的小儿，流向山外。这样的故事，几乎每天都在上演，龙川驿道、仁里桃花坝、湖里码头、临溪古埠……早已见惯了"水别"的一幕幕。

五　　对于绩溪人，更为惊心动魄的不是柔婉怅然的"水边别离"，而是荡气回肠的"山别"，千年以来，徽杭古道见证了无数的离别之泪。

我甚至认为，徽杭古道旁的逍遥河，水势汹涌，惊魂慑魄，或许是千百年来，亲人送别的泪水化作的涛涛山泉？

这是一条通往杭州的捷径，也是一条充满未知的险路。经由伏岭、祝山，蹚过逍遥河，两岸山高林密，悬崖陡峭，在通天的峭壁间，嵌入了一条人工开凿的栈道，一千多级台阶安插在石头缝隙里，有的单靠石榫头固定，半截虚空，底下则是深渊山涧。石阶的尽头，就是关隘，一道石门巍然耸立，这就是徽杭锁钥的"江南第一关"。

如今，这里俨然成了著名的景区，许多人逃离城市的喧嚣，跨上背包，扛着帐篷，挂着拐杖，拿起相机，徒步跋涉，将自己的身心放

※ 安徽师范大学美术系主任、版画家郑霞在绩溪县美术爱好者陪同下考察江南第一关

进眼前的山水，真正的来一番"逍遥游"。驴友们一路赏景，心旷神怡，慨叹人间奇迹，他们能否体味当年徽商游子的心境？今天是美景，但昨天却是"陷阱"，从这里走出去，艰辛危险，不知何年何月才能返回？

在山脚，在关口，在一级级石阶上，我们不忍心再次目睹"十三四岁，往外一丢"的悲戚，就让它像逍遥河水一般，逍遥自在地流向远方。

这样的古道，在绩水徽山还有很多，每一条古道，都流尽了母亲的泪，外出的孩子求学、经商、做工、跑腿、打杂……古道的一头是苦水，另一头却是泪水，奔波在古道上的信客是他们望眼欲穿

的风景。

火焰虫，低低飞，写封信，到徽州。一劝爷娘别牵挂，二劝哥嫂不要愁。一日三餐锅焦饭，一餐两个腌菜头……

一送郎，送到枕头边，拍拍枕头睡觉先，今夜枕头两边暖，明夜枕头暖半边来冷半边；二送郎……

我常常想，当他们哼唱这些歌谣时，内心是酸楚的，嘴边挤出的笑容掩饰不住眼角的泪，还是将一片愁绪付诸家乡的流水吧。

"一个雨后的傍晚，先生久久地站在窗前，凝视着窗外翠绿的芭蕉，秘书轻唤了两声，先生全然没有听见，秘书便静静地伫立在一旁，先生的口中喃喃诉说着什么，秘书侧耳细听，原来先生正低声吟哦：故园东望路漫漫……"

晚年的胡适，睡觉前总要用绩溪岭北话诵读思念故乡的诗文。胡适自打十四岁离开家乡，只是在与江冬秀结婚和母亲去世时，回过两次家，但是故乡一直在他的心中萦绕。一湾浅浅的海峡，阻隔了游子回家的路，此时的先生，泪水早已湿润了双眼，他读书的那个来新书屋怎样啦？他的小伙伴们活得好吗？家乡的亲人们呀，此生恐怕再难相见了。

胡适深恋着自己的故土，也努力为家乡做点事，他喜欢让江冬秀烹饪老家的名菜"一品锅"招待客人，他的行事风格仍保留着"徽骆驼"和"绩溪牛"的本色，他将对家乡的眷恋深埋在心底。

还有一位美丽的女性，也是将故乡的情和亲人的爱深深地隐藏起来，她年轻的时候追随新思想，追随隔壁的胡适老乡，在西子湖畔，在烟霞洞里，他们留下了青春的行板，也留下了无尽的遗憾，既然生不能同在，那就让我的魂灵在他回乡的路旁等待吧。

在通往上庄的道路旁，一座女性的坟茔格外显目，长眠于此的她在默默地等待谁的归来？每次匆匆经过她的身边，我的心不禁一阵抽搐，为里面躺着的这位神奇女子扼腕叹息，为她的深情执着而感动，她的这份情思能跨越绩水徽山，飞过遥远的海峡吗？

曹诚英，您这位奇女子，无尽的愁情还是付之大源河水吧，它将汇入东海，与海峡连成一片，这不正是殊途而同归吗？

其实，许多成功的徽商、学子，如胡商岩、汪孟邹等，他们爽朗得多，快意得多，把对故乡的深情化为一次次捐助和提携，用游子的行动回报母亲的眷念，他们描画了乡愁的暖色调。

六

还有更多普普通通的人，他们为了生计奔走在山间地头，不一定闯云贵，下广东，走川渝，奔汉口，他们也许就在不远处的村庄打杂，或在走村串巷，他们的货郎担、剃头挑、补鞋机就是流动的店铺，走到哪里，全家的希望就在哪里。

我的父亲曾经就是一个补鞋匠。一年当中，总有大半的时间在外忙碌，到了农忙时节才匆匆回家，安苗之后，又得匆匆赶路，挑起他的补鞋担子，消失在我们的视线里。

父亲常说，小洞不补，大洞吃苦。这大概是他补鞋的心得吧。肩挑补鞋担，走村串户，一声吆喝，大伙就围拢过来了，妇女们纷纷把自家的破鞋拿来，那时候人们穿的鞋子都很穷酸，大洞连小洞，补丁压补丁，父亲总有办法让顾客满意。那年月，父亲的担子要挑到宁国、广德和浙江昌化一带，几个月才回一趟家，许多村子里的人早就熟识了，也有不少老东家，到了一个村，首先找到老主顾，到他家安顿下来，常年打交道，有了交情，凭着几分诚信和义气，大伙儿总热情地招待父亲。"在家靠亲人，出门靠朋友"，父亲一副担子走南北，从来没有遇到大的波折，靠的就是这句话。

父亲还有一项绝活呢，他能凭着经验，看妇女拿来的鞋子，就能猜出这家男人的工种，八九不离十。许多人不相信，结果屡试不爽，大家佩服得五体投地，父亲也收获了满足和快乐，毕竟独在他乡，快乐像金子一样珍贵。多年以后，我问他其中的诀窍是什么？他莞尔一笑，说如果是木匠的话，经常推刨子，左脚的鞋子尖肯定磨平磨破，要是篾匠，他总蹲下来，右脚踩着竹片用刀子削，篾刀会割破鞋头的，看到这样的鞋子，十有八九是篾匠。

我真是佩服得很，父亲却摇摇头，说只是熟能生巧多加观察罢了，出门在外，吃百家饭，没有一点本事是不行的。他善于说笑，性格开朗，补鞋手艺精湛，很受大伙欢迎。我想这大概是他经年累月跑村练就的吧。

"您在外面，会想我们吗？"小时候，钻到父亲的被窝里，我总是这样问他。父亲抚摸着我的头，叹了口气，喃喃地说，谁不想家啊，不出去赚钱，你们怎么办呢？

父亲的叹息搅动了窗外的月光，溪水晃动着月影，一片静寂。

直到多年以后，自己也为人父母了，我才真正理解了父亲当年的一声叹息，背后的酸楚和无奈。

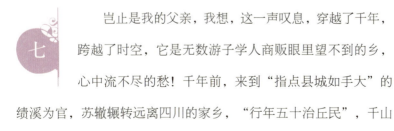

岂止是我的父亲，我想，这一声叹息，穿越了千年，跨越了时空，它是无数游子学人商贩眼里望不到的乡，心中流不尽的愁！千年前，来到"指点县城如手大"的绩溪为官，苏辙辗转远离四川的家乡，"行年五十治丘民"，千山万水阻隔，兄长的落难蒙冤，这位内心无比强大的大诗人，也不免

※绩溪县城西翠溪河上来苏桥

仰天叹息。

清澈见底的徽溪河，自徽山而下，斗折蛇行，经高迁，入县城。在徽溪河进入来苏社区，古名"潭石头"的地方，有一座五孔拱券石桥横跨其上，名曰"来苏桥"。

桥墩用块石垒砌，桥面铺筑条石，来苏桥初建于宋代，桥东有亭，后经多次重修，古貌犹存。苏辙虽任绩溪县令不长，但为官勤勉，体恤民情，深得百姓拥戴。在绩期间，苏辙曾率民众在西门外修筑长堤，以防水患，后人称为"苏公堤"，苏堤附近建有翠眉亭，山光水色，景致悠然，名之"翠眉春色"，苏辙曾赋诗"斜拥千畦铺绿水，稍分八字放遥山"赞美其景。人们总喜欢赞颂苏辙的政绩，却很少了解他深邃的内心，"忽忆故乡银色界，举头千里见苍颜。"苏辙站在河畔，一袭长袍，一捋长须，一声长叹，望断故乡路，留下一片长长的愁。

岁月留痕，桥身如今砖石剥落，青苔藤蔓附着，"崎屈上生，斑驳下布"，更增添几分古朴恬静，时有

※ 马头墙如在问天

农人牵牛荷锄而过，或行人，或单车踏桥而走，古意盎然。桥下河水泛波，日夜不息，千年"苏公堤"已换新颜，沿河筑有游步道和亲水平台，两岸青树翠蔓，古桥新堤、粉墙人家，春色无限。

如果苏辙看到此景，会作何感想，他还会对月怅惘吗？

当下，快捷的交通，即时的通讯，稍许抹淡了山水隔阻的忧思愁绪，人的流动也如水流一般，每天都在发生，人们赋予了乡愁新的内涵，流不尽的愁思里少了几分悲戚苦闷，多了几抹亮色和温馨。

※ 作者走过佘川古桥

一匹来自远古乡野的狍

　　小时候，有位同学，以"回"字加犬旁字取名，这个字在全手写年代似无大碍，可是到了机械打字和电脑打字的今天便遭遇了尴尬。稍长，我方知这个连《辞源》《辞海》里都找不到的的字，却

※ 伏岭下村远景

是我们伏岭地方文化的土特产。这土特产产生于何年？它是怎样的缘起？后来，拜访了几位老前辈，才解开这个奥秘。

说起狣（音 huí），还得从伏岭的开族始祖谈起。宋时，相传邵氏第 109 世的百二公，因慕其山水灵秀，自歙县井潭村迁徙到这里定居，繁衍生息。初，世代单传，人丁欠旺。后族人请来赖布衣为村运把脉，发现香火寥落之因，是村庄对面的鄣山石刹太重，且有恶魔作祟。于是，他画了一道符，并特意画了一只比恶魔更为凶猛的神兽——狣，试图以恶治恶；并嘱每年正月十五将这道符和神兽狣张贴于家中正壁，以香烛供奉三天。并在村北朝鄣山方向，建庙供佛，以镇邪恶。果不其然，从此，恶魔逐渐敛迹，村气日旺。

到百二公的第十一世时，以三房分三门，就是历来所称的伏岭上、中、下三门。按村位分，横巷为上门，四凤为中门，塘塝上为下门。为强化除邪威力，伏岭村众不满足于每年正月十五贴符供狣，而是以彩色棉纸制作狣身，由青年穿着做斗邪动作，因棉纸易破，后来，一老妪捐出一顶结婚时做的、一直收藏着的新蚊帐改作狣身，由两青年罩着沿街起舞，并伴以敲锣击鼓，燃放鞭炮，

※ 狮舞道具

※ 伏岭村每年春节舞狮前皆演徽剧

大大增强了除邪气氛。这大概是伏岭舞狗之始。嗣后，村里购买了舞狮的狮套代作狗身狂舞，传承至今。200多年的舞狗活动的举行，不仅沿传成俗，且逐渐形成了一套完整的规制，又扩大了舞狗的内涵，除舞狗外，还演出徽剧、京剧等。狗成了伏岭人世代相沿的图腾，舞狗成了伏岭人一年一度盛大的节日活动。

※ 敬亭山麓舞狗

要延续一年一度的舞狗活动，实属不易，这需要强大的经济作支撑，这些都由一班时年正值三十的青年人承担，他们出资出物，主持其事，俗称"做三十岁"。

每到腊月初八吃了腊八粥，就开始了舞狗的各项准备工作，舞狗的演员都为村里七八岁到十四五岁的童子。其时，

少年们按照自己所在的族门，到各门的老屋参加活动。我 10 岁那年
腊八夜，应约去中门的万寿公祠接受挑选，由执行导演按照这年选
定的剧目，选拔角色。那年中门排演了《水泊梁山》等剧目，我被
安排饰演杨雄一角。角色定好就是"发曲"，我收到一份有 5 寸宽、
3 尺长的在棉纸上以毛笔抄写的曲子，上有对白和唱词，曲子发下后，
就是教曲，由导演、副导演教我们如何念白和演唱；三四天后，演
员之间互相练习对白和摹唱；过了十八朝，就开始走场"排练"；
过了二十四，就以锣鼓胡琴响器配合，进行"响排"。因每年舞犼
每门至少要准备三个节目，所以有的少年，一人要承演两三个角色的。
排练都在晚上六点到十点进行，期间的茶水、照明、半夜餐都由值

※ 徽戏舞犼盔头道具

年青年轮流承担。记得除了茶水，还有一壶中药胖大海汤；老屋照明，早年是点松明火篮，后来点汽油灯；半夜餐都以菜粥为主。为示盛情，煮制的值年青年间互相攀比，你家菜粥油多味道好，我家就放猪肉，他家就放开洋，一家更比一家好。寒冬，演职员们天天熬夜排戏都很辛苦，此时，吃碗热菜粥，身上暖烘烘的，心里更开心。记得20世纪50年代合作化时，上面派工作组进村，他们认为晚上吃半夜餐是浪费，便硬性予以制止。记得那一年是我堂兄值年，我妈帮着做半夜餐，做好后，她凭着对沿线住户的熟悉，避开街道上工作组的堵截，抄小路走家串户，七弯八拐地硬是将半夜餐抬到中门老屋，留下了"智送半夜餐"的美名。

自大年三十至正月初三，是农历过新年的日子，舞狗排练暂停四天。新年头三天，各门由锣鼓队、舞狮演员到本门各户进行拜年，募集"狮金"，即修理或更新狮套的经费。从初四起至十七日，就进入"接茶"阶段。接茶，即各门的值年青年，每家一天，轮流宴请本门的演职人员。值年家庭都将这一天视为喜事操办，旧有"二十操婚，三十操狗"之说。这半个月的清晨，都有各门的办事人员到演职员家中通知，告诉今天哪一家接茶。早上吃清茶、甜茶、鸡子茶三道茶，后吃盖俏面；中午六道佳肴吃饭；晚上吃酒水，即登源民宴十碗八。"接茶"阶段，舞狗排练由原来的晚上改为下午进行。

※ 双狗训子

　　按照惯例，正式舞狗开始的日子每天傍晚，演员们提前吃了晚饭，以半化装参与游灯活动，大家手里撑着各式彩灯，伴随着锣鼓队、鸣爆队、火篮照明队从村南游到村北的戏台下，然后上台正式化装。舞狗从正月十五至十七日。演出开始，每晚还有游灯活动，吃过早晚饭，演员以半化装，撑着各种彩灯，沿街畅游，一路上锣鼓喧天，三门铳、爆竹齐鸣，游灯队伍到台下，开台锣鼓响起，点燃香烛请台。首演"跳狮（狗）"和"万花开台"，这是徽剧的舞蹈，演出目的是为了营造舞台的热烈气氛，起到整台演出的序幕作用。接着，始演正剧，即徽剧、京剧或昆曲等。三晚的正式演出中，每晚每门各出一个剧目，轮番上演。这三晚，尽管这门上台，那门下台；各门之间文场、武场、道具和服装轮换交替着，外人看得眼花缭乱，但多年形成了严格的舞狷演出规制，一切按部就班进行，演出井井有条而纹丝不乱。

演出的戏台建于民国年间，是按照上海天蟾舞台的格局设计营造的，三层楼宇，歇山式屋顶，砖木结构，飞檐戗角，雕梁画栋，气势不凡。台前梁上高悬着"作乐崇德"的匾额，戏台两边有固定楹联，如：毓秀锺灵彩焕一天星斗，收禧集祉祥开百代人文。也有应时对联。台肚是巨幅的凤穿牡丹彩绘。观众场地广约数亩，每晚台下观众总是爆满无隙，挤得水泄不通。观众有伏岭本村的，也有周边村庄的，甚至也有从数十里外的其他乡镇赶来的。那几晚，伏岭下村民家中也常是客满为患。每晚演出三个戏，结束时常常已至深夜，有时，观众兴致未尽，童子班演完了，大人们再来演几个折子戏，顺便过把戏瘾。大人演的戏，俗称"土戏"。此时，虽然是在寒冷的初春，且又是个露天剧场，常常天公不作美，甚至下起冻雨或鹅毛大雪，即使如此，都不会影响观众浓厚的观赏兴趣。

舞狷一般农历正月十八结束，如有外村邀请，舞狷班又会前往巡演。最远的曾演到歙县南乡。整个舞狷活动完成后，本年度和下年度值年人员进行交接。

伏岭舞猢自有文字记载以来，已有 200 多年的历史，这是群众自娱自乐自办的一种文艺活动形式。她有约定俗成的规制，有沿传久远的遗存，有十几代人的传承，更有广泛的群众基础。2010 年，舞猢被评为安徽省非物质文化遗产；2011 年，伏岭荣膺"中国民间文化艺术之乡"称号。

刻刀与光阴的美丽情话

一

月色朦胧，流泻着丝丝怅惋，登源河泛着微波，在月光的映照下，晃动着轻盈的脚步。蜿蜒的河水环绕着连绵的青山，古村落就依偎在山和水之间。山村的夜晚

※ 胡适故居卧室木雕床

是沉寂而安详的，一位耄耋老者静静地躺在床榻之上，这是一张徽式旧床，从年轻时候的婚床，到如今的"病榻"，几十载光阴相伴而眠。

这张雕花满顶床是当年结婚时打的家具，祖宗传下来的手艺凝聚在这张床上，用料考究，样式优美，像一顶大轿子，床身镌刻着寓意丰富的图案花纹，诸如鸳鸯和鸣、鱼游虾戏之类，赏心悦目，色彩斑斓。这张木雕床，见证了老者起伏的一生，迎来了新生命，也送走了老伴，年复一年，床板上的描金图案已经斑驳，但徽州的土油漆刷出的鲜红色，依然透亮。在如此精美的木床上枕香入眠，犹如置身花团锦簇一般，不知道老者，在梦里可曾见过床板木雕那些芝草瑞兽？可曾邂逅过这些木头里的历史人物和美丽传说？

※ 古城周氏宗祠木雕裙板

如果你游历过上庄，探访过胡适故居，一定不会对卧室里的那张古色古香的木雕床感到陌生，这床充满了艺术气息，玲珑剔透，周身镶刻着精

※ 隔扇门木雕

致图案。年轻的胡适和江冬秀在这香花异草间，描龙画凤中，会叙写怎样的温馨一刻和浪漫故事？

光阴在床头精美的木雕中流逝，老者终于闭上了双眼，与木雕纹饰图案共眠一生的人，死后还将同雕刻艺术相伴永远。

在徽州绩溪，墓葬是细致而繁杂的，相传千年的繁文缛节是对逝者的尊崇，对生命的敬意。坟茔的营造极为考究，择风水宝地，选黄道吉日，破土筑穴，上好的花岗岩垒砌，大量的精致石雕和优美文字镶嵌其间，就连普通百姓的墓碑都是书法碑刻遗珍，这或许就是"生在苏杭，死在徽州"的注解吧。

山云岭，岭上云雾缭绕，岩石遍布，如幻如醉。沿着磡头古村落向北，溯涧溪而上，至饭甑尖山麓，常年的河水冲刷，偌大的花岗岩散落其间，数万年默默躺在山上，睡在土里，埋在水中。智慧的绩溪人起初看到这些石头，目光是游离的，呆滞的，但后来事情发生了奇妙的变化，或许是经了高人的指点，他们

※ 精致的木雕门

※ 山云岭风光

的眼睛一亮，用铁凿、锤子，一锤锤，一凿凿，在坚硬的石头上泼墨作画，将铁凿当作刻刀，将锤子当作画笔，一笔一画，把不朽的艺术写进了沉睡万年之久的石头里，石头也就有了生命。

山云岭脚下，石匠们坐在稻草编织而成的草垫上，一手握紧铁锤，一手捏紧钢凿，当锤子抡起，敲击钢凿发出叮当的脆响，凿尖与石头摩擦碰撞，火星飞溅，弥漫整个山谷，在石与火的淬炼中，一块块山间巨石，魔术般地化作鬼斧神工的石雕，装点着徽州人的生活。

岂止是山云岭，这种铁凿声几乎遍布绩溪的山涧河谷，几百年不曾断歇。经年累月，石匠们埋头雕琢，屁股下的草垫换了一个又一个，手上的老茧与石头一样坚硬。

石匠们的坚毅换来了一座座坚固而精美的石莹。我们的这位耄耋老者，在族亲的簇拥下，终于同青山为伴，和石雕共眠，走进了历史的尘土。

这位老者的一生，是绩溪人的缩影。在绩溪的村落里，雕刻无处不在，一生的光阴都在雕琢之中，透过这些沐风栉雨仍灵韵丰盈的雕刻艺术，时间仿佛凝固，岁月也停住了脚步。雕琢是一种美，一种执着和信念，也是一种人生的态度，它好像在告诉我们，一方水土养育一方人，绩水徽山孕育了追求精致、臻于完美的绩溪人，他们通过雕刻、镶嵌、琢磨、锤凿、粉饰，把一根根粗糙的树木，一块块鄙陋的石头，一捂捂芜杂的泥沙，变成了一件件精巧美丽的雕刻，此时，劳作在这片土地上的农民，俨然成了一个个画家、工艺师、诗人、书法家，只有这样的山水，才能养育出这样的一群人。

老者在生前的时候，总喜欢坐在门楼下晒太阳，靠着徽州木制太师椅，抽着旱烟袋，将黄表纸搓成卷点燃，火苗送进金箍的旱烟筒里，一阵猛吸，烟丝化作风儿从老者的鼻孔中飞旋，闭上双眼，任阳光恣意地打在身上，何等舒坦。鼻孔里飞出的烟香，袅袅而上，漫过门楼，飞跃屋顶。风烟不知，它漫过的不是一座普通的门楼，而是砖雕艺术珍品。

许多绩溪人省吃俭用，勤俭持家，为的是造一座房子，民谚有云"一代做屋，三代装修"便是例证。房子，是绩溪人一辈子的大事，自古已然。门楼是整座房子的脸面，当然也是主人的颜面，有"千金门楼四两屋"之说，为了面子，门楼是非仔细雕琢一番不可的。

绩溪的村落大多依山就势，地少人多，土地狭仄，房屋局促紧挨，通道窄小，不允许建造阔大纵深的门楼，因而大多采用平面贴砌，在精致细腻上下足功夫，显示品位和财富，成为一张立体的家族名片。

门楼的古雅和气派，在绩溪的湖村能见其一斑。那日，章日如老人引着我特意走了一趟被誉为"中华门楼第一巷"的湖村门楼巷。巷

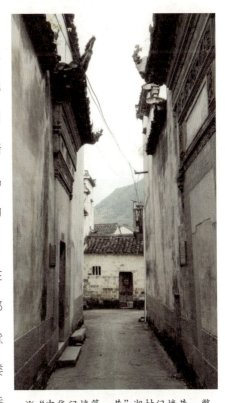

※"中华门楼第一巷"湖村门楼巷一瞥

※ 砖雕作品近照

子曲折回旋，仅能供两人比肩而走，两旁簇拥着许多明清古民居，大多雕梁画栋，足见当年此地百姓的殷实。在曲径通幽处，七八幢古民居一座紧挨着一座，最惹眼之处是这里独特的门楼，一色的水磨青砖，细致入微、惟妙惟肖的门楼砖雕，各具特色，或纤细绰约，或奔放妖娆，或质朴自然，精微处，可辨人物眼神发丝，栩栩如生，百余年来，风姿依旧。章日如如数家珍，他说清代湖村人章忠柱，为五个儿子同时造屋，延请工匠雕刻门楼砖雕，三年乃成。抚摸着平滑的青砖，目光停驻在这些内涵深刻、画面精致的古韵砖雕，数百年光阴仿佛停滞，浓缩在这白墙与灰雕之中，我突然似有所悟，绩溪人极为看重房屋的脸面，难道不是一种尊严的自我觉醒吗？

※ 湖村古民居门罩

斜阳下，扛起锄头，肩挑粪箕担，到后山挖几锄黄土，戴月荷担归，黄土倒入水池中，牵着黄牛踩踏，俗语曰"踩窑泥"，一圈圈，一趟趟，泥浆溅满裤脚，溅满牛腿，当泥和水难分难离的时候，挖开一个缺口，引入下一个池塘，细腻的泥浆过滤到干净的池中，沉淀，分水，青砖的坯子就有了原料。

有时候，看似平常的事情往往很怪异，你瞧，原本非常柔软的细泥，经由过滤打压，居然变成了坚硬的砖坯，工匠们在砖坯上勾勒线条，描摹作画，运用几十种形制不一的凿子雕刻出人物、花鸟、山水、树木，刚刚甩掉锄头的手，又握起铁凿，一丝一毫，精细入微，慢工出细活。打坯出细后，点起窑火，将砖坯置入窑内，此时，火候的把握至关重要，稍有不慎，满窑成灰。这是一种自造的土窑，用石头垒砌而成，窑火升起，窑土覆盖其上，烟雾缭绕，如入幻境。

绩溪人如此聪颖，田间地头的几捧黄土，经过一双灵巧的手，变魔术一般，涅槃为百年无损的砖雕艺术，装饰我们的房屋，也装饰历代绩溪人的生活。

三　　而此时，我的思绪被村中长者冯耀章老人牵引到了绩北冯村。

数百年来，装饰"十里冯村铺"的，除了门楼上的砖雕，更有随意躺在村道旁的一个个石头。这些石头会说话，它们

※ 砖雕工匠在精心雕琢

告诉我百年前的冯村"文官下轿，武官下马"的盛况，"九槐十三桥"的府第街车水马龙，行人熙熙攘攘。这是些什么样的石头呢？冯耀章老人抚摸着眼前的石柱，我也忍不住摩挲着，石柱状如华表，沿河挺立，孤独的背影倒映在河水之中，

※ 绩溪冯村民国乡村教育家冯百川旧照(20世纪30年代)

也许，它正感叹当年拴住众多骏马的英姿吧。旁边的马石槽，默默无言，长出了一些不知名儿的杂草。河边水街，零落着许多石椅、石凳、石栏杆，样式精美，光阴荏苒，有多少农夫村妇曾倚坐休憩？又有多少达官贵人在此停歇？甚或有多少才子佳人凭栏扶风？

面对古意斑驳的石雕和失落的府第街，冯耀章老人的眼里噙满了泪水。

伴随着荣耀和泪水的，还有那一座座高大挺拔的石雕建筑牌楼。在绩溪，石牌坊曾经密集地站立在徽山徽水

※ 精美的抱石鼓和石雕

※ 民居内的莲花柱础

间，时过境迁，如今仅剩十几座，当我们仰望这些石雕瑰宝时，既为前人高超的技艺折服，又为牌坊背后的故事叹息。一声叹息，千年感喟。

徽州的牌坊是一座座历史，一个个故事。我曾在一所乡村学校执鞭多年，住在名曰"节妇坊"的石牌楼下简易破旧的宿舍楼里，这座牌坊巍峨高大，三门四柱五楼，雕刻精致，正上方"恩荣"两个黑色的大字，显示这座建筑的地位和荣光，一对石狮子日夜守护着牌楼。进入牌坊，就是磡头许氏宗祠，当年是学校办公和学生玩耍的地方。涧溪河在牌坊前缓缓流过，听泉楼的风铃在风中发出清脆的和鸣。

※ 绩溪县三雕博物馆藏品——
石像

每当夜幕降临，打开窗户，近距离地观赏这座牌楼的容颜，用目光触摸它的肌肤，深入它的肌理，

探寻它的内心，我发现
夜晚的牌楼寂静得可
怕，甚至有些阴森，几
百年的风雨侵蚀，显得
斑驳苍老，如同一位枯
槁的老妇人独自站立在

※绩溪县三雕博物馆藏品——石马

河畔呻吟。贞节牌坊，是徽州女人用瘦弱的身躯和倔强的性情托举
起来的，泪水和苦难淹没了风尘。

　　石头是不朽的，石雕当然也与日月同辉，古人深明此理，旌表
功德就立石牌坊。且不说绩溪古城曾经牌楼林立，龙川村进士坊一
座紧连一座，单说现存的冯村进士第、龙川奕世尚书坊，几百载屹
立不倒，向人们诉说着绩溪人历史的荣耀。奕世尚书坊挺立在龙川
水街旁，流水无言，见证了龙川人曾为保住牌坊显露的智慧和计谋，
如今，当人们驻足欣赏这座石雕精品，赞叹巧夺天工、酣畅淋漓的
雕刻技艺时，是否知道背后的惊险和神奇？

　　我们可以想象这样一幅画面：村里的年轻人，十年苦读，考取
功名，历经数载，政绩颇佳，皇帝嘉奖，恩荣建坊，于是乎，全村
人一起上阵，十里八村造坊高手云集，上山取石，搬运进村，精雕
细琢，那么，如何将巨大的石柱立起来呢？又如何将笨重的石梁架

上去呢？区区几根柱子竟承载如此庞大的身躯，风雨几百年，依然故我，这是何种神奇的力量支撑呢？

四

那位爱抽旱烟，喜欢在门楼下晒太阳的老者，年轻的时候看上了隔壁村的姑娘，撺掇着父亲建造新屋，徽州人建房是头等大事，娶媳妇也是头等大事，父子同心，

※ 冯村牌坊

其利断金，两件大事一起抓，一件也不含糊。

这就是绩溪人的倔，一犁犁到塝。择地基，选吉日，请师傅，祭老郎，一切妥当，按部就班，新屋慢慢长高，父亲的背也渐渐弯成了一张弓。几度春秋，三间两阁厢，天井在中央，阁楼藏锦绣，厅室亮堂堂，一座粉墙黛瓦的房屋正等待着美丽的新娘。

不久之后，当那位漂亮的新娘，坐着花轿，拜过天地，掀开盖头来，看到雕梁画栋的新房，还有精巧的木雕家具一应俱全，不禁喜上眉梢，憧憬起今后的幸福生活呢。

这样的故事，每天都会在徽州的村落里演绎着，宛若登源河水，汩汩流淌。

新婚燕尔，夫妻俩在雕刻的世界里享受生活，时光也变得如此美好。青砖门罩、石雕漏窗、木雕楹柱，就连柱础也是石雕莲花，迎面扑来，是雕刻的气息，抬头一见，是色彩的调情，坐在天井中，仰望满天星斗，和月亮说会儿知心话语，月色透过漏窗，铺洒着一片诗意，清风打在格子门上，吹皱青灯点点，渔

※周氏宗祠内的石雕栏杆

樵耕读既是雕刻的文本，也是徽州人的生活写实，此时，红袖添香夜读书，累了困了，将身心放倒在木雕床上，做一个江南山水的梦，岂不乐哉？美哉？

梧村的木雕楼，通体雕刻，美轮美奂，龙川胡氏宗祠的木雕精美绝伦，五凤楼额枋的"九狮滚球遍地锦""九龙戏珠满天星"木雕和正厅隔扇门裙板的荷花雕刻，最见功力。绩溪民居雕刻内容甚广，山水花鸟、历史故事、神话传说、戏曲传闻、人物典故无所不包，甚至连引车卖浆的汉子、采桑纺纱的老妪、嬉戏玩耍的孩童都可入画、入木、入砖、入石，情趣盎然。匠人们运用上百件工具，采用浮雕、圆雕、透雕、镂空雕等技法，精心对待每一次雕刻，将功夫下到极致，让你不得不佩服其高超的手法和艺术感染力。

五

在上庄，胡适故居拥有许多兰花雕板。兰花，徽山处处有，质朴馨香，不事雕琢，却有清水出芙蓉的美感，绩溪人偏爱兰花，可能是花如其人，人胜其花吧。

胡适故居的兰花，雕刻入木三分，花叶遒劲有力，变化多端，花蕊千奇百态，栩栩如生。也许是受了这些木刻兰花的招惹，胡适吟唱出了"我从山中来，带着兰花草"的美妙诗句。播种这些兰花的人，可不简单，他叫胡国宾。

胡国宾何许人也？他是晚清民国时期著名的徽墨墨模雕刻大师。他用刻刀，在木板上飞旋，灵动的深谷幽兰便活了。但他最出名的是墨模雕刻。

绩溪的灵山秀水，哺育了"邑小士多"的人文胜地，文房四宝非常兴盛，"天下墨业在绩溪"，一块小小的徽墨，创造出许多神奇。

※ 墨工制墨

※ 著名的地球墨墨模

谁能将山间的松树、油桐树和笔墨联系在一起？千年以来，是徽州人采集松烟、桐油烟，制成了"一点如漆，万载存真"的好墨，书写了上千年。

在乌黑、密闭的房间里，一排排整齐的灯盏闪着红色的火苗，倒挂的灯碗扣住火焰，让烟儿乖乖地黏着在碗里，老师傅正忙不迭地收集碗底的油烟，在这个密不透风、烟熏火燎的地方，看着眼前

※ 冯宜明在精雕墨模

这些丑陋肮脏的黑沫儿，我怀疑这能造出"嗅来馨、拈来轻"的徽墨吗？

粗壮的墨墩，四方的铁锤，赤膊的汉子，湿热的墨泥，汉子粗糙的手抓起一坨墨泥，在墨墩上使劲揉搓，抡起锤子反复捶打，汗珠从额头滚到腰际，发达的腹肌随着抡锤的动作起伏着。打好墨坯，放进墨担压制，成形后自然风干，墨锭便可使用了。

但是，绩溪人不止于此，就这么一块乌黑的墨，怎么行呢？似乎缺了些什么？

于是，一双灵巧的手，精心雕琢着这片黑色的世界。墨模雕刻很古老，也很神秘，现在已经很少有人从事这项技艺了，胡国宾的再传弟子冯国权、冯宜明算是继承了衣钵。墨模雕是一种凹刻反雕，

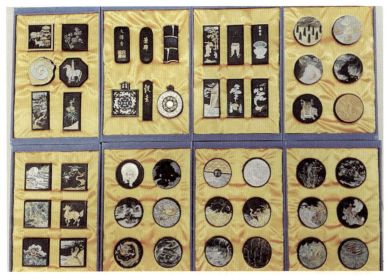

※ 徽墨成品

线条纤细分明,图案纹饰精准有神韵,材质非常讲究,多采用石楠木,一套上乘墨模胜过徽墨万千。徽墨,因为有了雕刻的附丽,土鸡变成了金凤凰,这只凤凰飞越历史,美丽留痕。

六

　　雕刻的故事,随着光阴一道,镌入了绩溪的山水之中。

　　农耕之余,研墨书写,信笔便是诗行,泼墨即成画卷,山野之人,犹如闲云野鹤,耕读传家,行商者为儒商,农桑者亦为"儒农",儒风独茂的绩溪,即使是农民,也颇有些文

※ 纯手工制作的宫灯

人气。有油漆业者，将书写的墨宝堆漆成丘，平滑如砥的书法，犹如浮雕一般，在木板上立了起来，黑色的墨迹也染成了金黄、赭红、翠绿、天蓝……髹漆，这种古老的民间技艺，让文字更加多彩。

髹漆既有雕刻的立体感，又不失书法的韵味。沿街店铺的招牌、村落民居的匾额、祠堂庙宇的楹联、官厅里的壁挂，历经百年沧桑，仍熠熠生辉。在小东门的一座平房里，师徒两人正将麻布蒙罩在一块古旧木板上，这块木板事先已经用调制好的桐油拌石灰"批过灰"，待麻布晾干后"刮腻子"，接着上底漆，拓字，堆漆，描金，着色，罩光，流动的油漆凝固了，时光也仿佛凝住了，千年不腐、不褪色。

一个普通的油漆匠，因为黏着了文字，雕琢了文化，润色了这片土地。其实，生活在这块文化厚土上，许多人都在雕刻光阴，用自己的一生美化家园。

数月前的一天，我遇见一个人，他佝偻着背，瘦瘦的，头发有些发白，额头和眼角的皱纹像绩溪的溪流，弯曲密布，步履蹒跚，看样子应该很老了。在女儿的搀扶下，他向我走来，我赶忙起身问候。原来，老人家是上庄的一个农民，受到祖居雕梁画栋的熏陶，自幼喜欢雕刻，在一间狭窄的堆放农具的附房里，摆着几十件形态各异的刻刀工具，农闲的时候，总是待在屋里雕琢物件，几十年下来，技艺日渐熟稔，他还曾向国家领导人寄赠过雕件，得到中南海答谢，省级日报还专文报道过呢。我的眼睛一亮，就这位毫不起眼、瘦弱苍老的农夫，竟有这般经历！不禁感叹：绩水徽山，你究竟隐藏着多少神奇故事？

绩溪人是追求精致的。他们精心雕琢着生活中的每一个细节，光阴在这些细腻、精美的物件上流淌，氤氲着皖南浓浓的诗意。

过年时节，挂在门楼、厅堂的灯笼，在风中摇摆着喜气和吉祥。在上庄的一户农家，我亲眼看见了灯笼的制作，这种灯笼精巧美观，选用优质木材精雕而成，六边形、圆形皆有，灯分三层，上下两层镶嵌雕龙，十二条龙环绕齐飞，边沿用上好的丝布蒙遮，丝布上描绘出各种图案，烛火在灯笼内闪烁，摇曳出美丽的亮光，如果是走马灯，那将是另一番动人的景象。

在红彤彤的灯笼下，厅堂映照出祥和的色彩，全家人围拢在长者的周边，闹家常，说笑话，小孩儿们在阁楼上爬上爬下，在屋子里捉迷藏，其乐融融。天冷了，人们烤起了火熜，竹编的火熜烘出了一个暖暖的冬日。

火熜，是徽州人的独爱，绩溪的火熜用精细的竹条编织而成，样式精致。农家到山上砍下壮年的毛竹，篾匠用硕大的篾刀剖成长长的细条，刨掉竹花，削薄竹片，一切整理停当后，只见篾匠坐在矮凳子上，双手拨弄着篾条，十个手指上下翻飞，纤细的篾条左右飞舞，半日的工夫，一个圆圆的竹火熜便做成了，圆肚子里装入铁制的火熜盅，再安装上竹挎儿，配上一对夹火钳，盖上铁丝织就的盖子，涂上桐油漆，竹子特有的色泽和清香显露无遗。

每当新娘出嫁，娘家人总要备几个火熜陪嫁，精心打制，装饰各色图案花纹，夹火钳如同项链，火熜盖子宛若织锦，竹挎儿色彩斑斓，还不忘写上几句吉语。娘家的火熜是要陪伴女儿一辈子的，炉火装在火熜中，温暖着女儿心。

湖村的邵培其老人是打火熜的高手，还能编织手提篮、菜篮、考篮、挂钱篮、麻糖盖、鞋盖和女人装针线的满筐，山上的毛竹经邵培其们的打理、改造，脱胎换骨，以雕琢粉饰、精巧绝伦的面貌闯入绩溪人的生活，点缀着山村浪漫而闲适的光阴。

岁月在红灯笼的映照下，渐渐老去，厅堂的色彩也逐渐暗淡，

石雕柱础默默无言，梁驮、雀替、隔扇门上的木雕些许斑驳，透过
天井的月光，打在中堂二十四勾的八仙桌上。每一个勾都是木匠雕
工的杰作，制作精细、雕刻精美的五斗橱、太师椅、大衣柜、书桌、
碗架橱各得其所，就连夜间方便之用的夜盆箱，也绝不随意潦草。

　　绝不潦草涂鸦的，还有外墙上的一幅幅画。走进绩溪的古村落，
白墙上、门楼处、屋檐下、窗棂外、墙角边，一幅幅墙头画竞相绽
放，或山环水绕、奇花异草，或鸟兽嬉戏、鱼翔浅底，或人物故事、
神话传说、戏曲经典、历史典故，内容包罗万象。

　　砖匠砌好房子，扔下砖刀，便拿起画笔，土渣的砖匠转眼变成
了高雅的画师。在墙上作画，与宣纸上泼墨截然不同，以砖墙当纸，

※ 老屋斑斓

精选干毛竹笋衣，浸泡之后扎成笋刷和笋笔，以墨屑绘制黑色，用细石灰拌墨屑研磨，得到蓝灰色，着矿石提炼红色，唯如此，任凭光阴消磨，风吹雨打，日晒光照，还能神采奕奕。

秋日渐寒，群山尽染，跟随着墙头画民间艺人朱子荣，我们探访了大会山深处的古村落。汽车从旺川驶过鲍家，开始了一段蜿蜒崎岖的盘山之旅，经过半小时，我们终于被甩入了群山环绕的一个小村子。这座村庄约莫三十四户人家，沿山而建，高低错落，放眼望去，清一色古旧民居，没有一处新房阳台，几位老农，随意地坐在墙根，懒散地晒着太阳，静谧安详。这个村落吸引我们的，是民居灰墙上随处可见的墙头画，数量可观，漫步村中小道，仿若走进山村画廊，一抬头，一拐弯，都能欣赏到奇妙的古画，这些墙画已经百年之久，色彩依然艳丽，线条古朴苍劲，画面生动唯美，每一幅画都是一首诗，韵脚流淌在斑驳的墙壁，仿若一支歌，旋律氤氲着山间小村。随行的摄影师，全然不顾脚下的危险，兴奋地扛起镜头，将这一帧帧美丽摄入，嘴里不停地发出赞叹。

忙碌的你，不妨偷一点闲暇吧，在绩溪的山村，放慢脚步，踩着青石板，在马头墙下走过，粉墙黛瓦，飞檐翘角，一幅幅墙头画撞入你的眼帘，装饰着美丽的光阴，雕琢一个属于自己的梦。

千百年来，生活在绩水旁，劳作在徽山下的人们，不落于粗野，不甘于平淡，不满足一日三餐的简单循环，不受困于日出而作、日落而息的农家生活。他们追求精致、美丽、隽永，在农事歇息的时候，也许会仰望青山，随口吟出几行诗句；在采桑摘茶的当口儿，也许会哼唱几声歌谣；在傍晚村口闲聊说鳖时，一个闪念或许就勾勒出墙头的一幅画面……

刻刀与光阴的美丽情话，是诗的语言，那些散布在我们周边、几乎无孔不入的精雕细刻，不就是他们诗意生活的写照吗？

※ 百年前的作品至今清晰超然

雕刻，是一种技艺，也是一种生活态度，一种精到和雅逸。勤劳质朴的绩溪人，用自己的方式，在这片土地上一直雕刻着生活，雕刻着光阴，也雕刻着不俗的历史和人生。

走过一张纸的距离

一张纸的距离，是远？是近？有时，物理的距离很近，心理的距离却远了；有时，物理的距离很远，心理的距离却近了。一纸AB两面，正反都在书写历史、书写文明，关键是如何用我们的脚去丈量大地，如何用我们的笔去权衡古今。

且说老旧山村的中央蹲着一座不老的坟冢，一座较为精致甚至还有些奢华的坟冢，怎么看我都觉得有些匪夷所思。之后我对老丁说，你们那美文《寻找油画村》怎么就写得那么全、那么细、那么美，却为何就没写进村中这座"坟"？是没看见还是不想看抑或有意避开？村中央啊，赫然在目，一座敦实、大气的三棺式，坟面，花岗岩雕刻打就，规矩砌筑而成……

去搭掌坞之前

我本不是一个喜欢到处乱窜的人。

三年前，看到摄影老丁那篇《寻找油画村》的稿子，开始也就是一览而过，并不在意。我自以为阅稿无数，见雅见俗多了去。一不留神，审美疲劳抑或审美麻木也就来了。犹豫了一下，最终还是

※ 胡家村头古桥

签发——我非常清楚在我主持的这一份地方小文艺刊物上发这么一文，影响力肯定极小。之后证明的确如此。哪晓得如今世道大变，电媒的魔力远超纸媒，好家伙！老丁之后将《寻找油画村》往网上一扔，完全出乎我意料，发酵了。爆屏了！呵呵，使得原本小山城边上一湮没无闻的小山村搭掌坞一下子蜕变成热闹非凡、风光无限的油画村。

搭掌坞变成油画村——网络真是一双魔术师的手，一个来去无影踪的隐形推销员。于是，四面八方的旅人，扎堆赶浪的游客纷至沓来，油画村一下子声名远播。如今，瞧那身价，瞧那阵势，瞧那人气……我开始为我的纸媒抱屈,甚至有些愤愤不平起来,辗转反侧，夜不成寐，最终也只能自叹弗如：纸媒呀纸媒，如今你成了"纸霉"！

一天，收获了网络红利而显得春风得意的老丁，特地赶来恭维我——怎么看他，都显得有些装模作样。他说，虽然是他首先发现了油画村，但是您老兄首发了他的拙文啊。别别别！我不爱听言不由衷的话。没有你们这号四处乱窜的摄郎摄姐画爷画哥的鼓捣，哪来今天的油画村这牛气冲天的名气?

我倒是"由衷"地回应老丁。老丁却以为我葫芦中装的什么药，便怔怔地愣了许久，没有搭腔。据说，后来老丁在众人面前乖乖地收藏起网络带给他的得意，低调得似乎有些委屈地说，想不透晶夫那话中为何带着一丝说不清是挖苦还是别的什么。

去搭掌坞

　　不喜欢到处乱窜的我，终于经不住众人的怂恿，在一雨后甫晴的暮秋傍晚，太阳偏西，几乎没啥游人时，与当地俩文友骑电瓶车去了一趟搭掌坞。反正，路途极近，来回时间不长。

　　从众心理诱使我，差不多也就成一走马观花式的普通游客。当然了，这一次的走马观花，也还在不经意中有所看、有所思。那俩文友比我年轻，好动、好奇，也附和着连连说有一些看点、有一些看点。

　　我们各看各、各想各，几乎没有什么交流。小文人、大脾气，各地文化群落大体如此。各自也落得清闲。走着走着，就在此时，

※ 通往搭掌坞的古道

※搭掌坞破损的墙壁

我一眼瞥见村中央那座并不显老的坟冢！坟冢在满是瓦砾、断砖、乱石、杂草遍地间或还点缀着几坨牛粪的小平地中静静地蹲着。三棺六，面朝东，寂无语。我愕然了：村中央哪能有坟墓呢！

双眸四处一探，那俩小子早不知游到哪去了，脚下，只有我这一活物足钉大地陪着坟冢，一任山风簌簌，竹木萧萧。

几天后一个晴朗的傍晚，我忍不住，带着满脑子问号，又悄然一人前往搭掌坞。这回，一相机、一瓶水随我前行。

没任何人做伴真好。双脚随心走，两眼细搜寻，我简直怎么臆想也触摸不到油画村的皮！我拼命用双眸狠狠地啃着一切，眼光洞穿翠竹、杂木、乱草丛，落在每一处残墙、破瓦、基石……企图从中品出一星半点文化味来。

鬼使神差，又来到老村中央，又见到那座坟冢，怔怔地看着、思着，再也挪不开双腿了。斑驳的夕照西下，凉凉的山风拂来，周遭开始昏暗，竹木、荒草忽大忽小的唰唰响声裹挟着孤寂的坟冢和我，这场景氛围着实有些诡异。

三张花岗岩坟面上
明明白白分别刻写着：
公元一九九六年六月，
公元一九九六年六月，
公元二〇〇七年六月。
黄公，父，居中间；曹氏，

※村中央的坟堂

女，居左间；程氏，女，居右间。有谱了！这是迁坟，即原葬于别处，
后因故迁此。一定的。

我有体会。几年前，一条宁（国）绩（溪）高速公路与我父母
的坟墓不期而遇，"老"让"新"，"家"从"国"，一般都是这
样的。尽管当时我很不情愿却也能机械地配合政府。一任性，我请
来专业的迁坟队，拆移、装封、运迁、落土、安居一条龙服务。为此，
我付出了九千元费用，即：政府的迁坟补贴一千元，加上我家中的
八千元。好家伙！不到一天工夫，那七八条汉子加一辆农用车，一
鼓作气就将入老徽州的北大门——丛山关内石街头村我老家自留地
上的父母"请"到县城西郊福寿园内安居。瞧，这真是一座现代化
阴间新区啊，有专属的物业、专属的灵堂；新居排列齐整，小径纵
横有序，有规模，有气派，真的好看极了；只是好看得有些陌生了，
好看得有些冷冰冰，不知我父母今后在此是否习惯？

　　之后证实我的揣测英明正确——收回思绪吧，揣测的是眼前这座村中之坟，就是搭掌坞彻底荒衰败落、散尽人间烟火后，一户黄姓的孝子贤孙将客故他乡的祖辈"请"回来的。黄姓子孙中的代表有些文化地说，故人难离故土呀！这，一下子让山下新村中搭掌坞原居民不乐意了，几个也有点文化的长者纷纷出场反对，说，老徽州人是很讲究风水的，阴阳两重天呐！两个不同世界的，你子孙怎么就忘了祖训遗规？你们这号后生为何不将祖坟迁至搭掌坞村边的野山坡上？忤逆啊忤逆！

　　如今黄家子孙早已繁衍成群，有在县城工作的，有在毗邻浙江打工的，有在省城做官或做生意的，他们一商量，几近众口一词：怎么不行？都什么世道了？你们都下山另安新居了，山上除了竹木、杂草、砖头瓦片，还能见到谁？迁坟到老村，好歹还有个护村之魂吧。黄家子孙个个振振有词，理直气壮。是啊，都说魂归故土，情系故土呐。

　　呀呀……山林本无语，山民早离去，唯有时间这把杀猪刀真的蛮厉害，用不了多久就将乡间那些汹涌的闲言碎语杀得皮毛不留。

　　来时，在山脚下碰到一近九旬的徐姓老爷爷，他是上山来砍几根毛竹家用，他就住山下搭掌坞新村。我来精神了，一个老长辈、半部老村史嘛，便与之攀谈了起来，获悉一些山上山下情况。原来搭掌坞主黄姓，原居民为主，少数外来者，也兴隆过百余年啊。老人布衣胶鞋，瘦筋筋的，精神头十足，一个热络的乡人，他说他解放前从浙江江山迁来，原本一直居山上，十几年前下山落脚了。如今儿孙满堂了，生活得也还不错。

补述一下，来时之路，是一条几年前浇筑的水泥小车道通向外面，衔接芜屯公路。从绩溪城东老区骑电瓶车至此最多五分钟，再徒步上山坡至搭掌坞也就十分钟，就这点距离，老村与新村，新村与老县城，新貌与旧迹便呈如此不同的两重天——

返程前，我到路过的山下新村也走马观花了一下。哟呵！如今的搭掌坞新村，早已路、水、电三通，新居、新庭院、新菜园（花园），

※芜屯公路动工典礼

一派新姿；透过家家户户半张半掩的大门，里外比城内新小区还敞亮，多家门口泊着小车、电瓶车，路旁在新屋陪衬下，几个衣着时髦的村姑在自家菜园抑或花园中摆弄花草、菜蔬……我有些恍惚了，似乎有些魂不守舍，怎么啦？我不是专门来礼拜老村的吗？怎么就对山下新村有了些莫名的异样感觉呢？虽然于新村，我是真正的走马观花，岂料却观起心事来？于是一声长叹——

我还能有勇气像当年我那少年父亲走江南第一关去浙江转上海学生意时，在山路旁随便推开谁家柴门径直走进后厨房，从水缸里舀起一瓢水牛饮起来？我还清楚记得，80岁之后 的父亲在老家冬日的院里一边晒太阳，一边得意地说，那时啊走上海，半路上走累了，还有人家叫我吃了饭再走呢。有一回，吃完饭，还让我扛一捆甜甘蔗上路呢……

在电脑上翻捡记忆

要想在脑海中还原百余年之前老搭掌坞的繁盛情景，以便与当下的搭掌坞新村叫板，断然不可能。我陆续的几次前往，打捞的也

※ 矗立在竹林里的残墙断壁

只能是一鳞半爪。好在我那只高级傻瓜相机忠实地记录下百余幅我目光所及的印象，也算是帮了我这只榆木脑袋一些忙。现在好，坐在电脑桌前的我，心情复杂地用鼠标翻捡着记忆。

砖制漏窗——一堵老墙孤残地伫立，将庭院与正屋隔开，四周藤蔓恣意地往上攀着，墙的上方一人高许处有大大的圆形窗，窗宕内嵌六角型的花砖巧饰36孔，居中为一小圆孔。漏窗内外颓败中透出曾经的古雅气象，这是典型的徽派民居样式，起码也属殷实之家吧，我猜度。遥想当年外出经商者，多在江浙一带几经风雨、几经打拼之后，腰缠一些银两返乡大兴土木、光宗耀祖……这样的建筑

※ 夕照下的漏窗

※ 古而弥坚的灌斗墙

风格现如今我们在苏、杭等处园林中已习见。透过砖制漏窗，庭院内外，空间有别却可互为透视，富裕殷实的家境由此可见一斑。然而眼前的漏窗已将百年的光阴和往昔的繁华漏走，窗内外皆是一派荒草萋萋的景状。虽然，漏窗依旧是当年的漏窗。

五飞砖门罩——这肯定是大户人家，一座豪宅的大门。门面高而阔，典型的水磨青砖、白灰勾粘、错缝而成，精致、牢固。虽老旧，正面仍不失威严地立着。细察之，两侧已破损的间断处，这种灌斗式开线砖墙中间半实半空，是一种仍为当今砖瓦匠所称道的牢固且隔音的民居墙砌式。

门前竹木已悄然长成，似与大门在争夺空间，砖雕门罩最上方覆以黛色层瓦，差不多被或荣或枯的山藤爬满，顶端水磨青砖横卧，飞挑门檐，以五道横向脚线叠砖差次飞出，故曰五飞砖门罩。有一年我陪同台湾文教界旅游团参观绩溪有名的湖村门楼巷，那儿的砖雕门罩被誉为皖南一绝，而将眼前这照片与其中任何一家相比，毫不逊色。

※ 新竹不让老宅

光荣家属——喏，这一张又让我心房为之一颤。木制大门紧锁，大门左上角，一块小木牌标示：光荣家属，右上方，一张扑克牌大小的铁皮牌，就像我们在城内熟悉的门牌号——蓝底白字：搭掌坞

※ 最后一处人去楼空的景象

23号。大门上一幅红底金字的纸对联仍然鲜亮着：一帆风顺平安宅，万事如意幸福家。

后走访山下新村的老人方获知，此照片所示的人家，是整个搭掌坞村最后下山的一家，在前年。近些年只有一老人居住，老人不愿下山，儿孙们早去了县城和外地。前年老人逝去，不用说，这对联自然是眷恋老家的后辈所为。

记得那天我在此屋四周徘徊、察看良久。这老屋算是最完整的一幢，几乎没什么破损。我拨开屋后的杂草乱藤，走进后院，见连着正屋的后门也紧闭内闩着。然脚下后院中的厨房已倒塌一半，内囊敞开向天，杂乱的旧餐具、破桌椅、小板凳颓倒于乱草之中，曝于日月星光之下。

我无法获知正屋内还有些什么。反正前后门紧闭，关住了老人一世的沧桑，只有儿孙知晓；然而，锁得住下一代人进城的欲望吗？回望那鲜红得刺目的对联，我想，不管如何，儿孙对故土故人的念想之情由此也可见一丝一缕呀。

老黄牛——搭掌坞村中有几处较平坦的场地上，常有解去绳索自由放山的黄牛。牛儿或悠闲地走，或悠闲地躺，我拍过几张黄牛放山图，其中有一张是一头黄褐毛的卧地老牯牛，懒洋洋的，目中无人，顾自嚼着草，似在想着什么心事，牛角上系着一只透白塑料袋，隐约可见内里有花花绿绿的糖纸，是放牛娃的杰作？紧邻牛身边有几堆牛粪做伴，粪上躺着两听被谁踩扁的易拉罐，不知是旅人还是当地小孩所为？

老枫树——搭掌坞老村，落座于较低较平缓的山岗凹处，游人只有走近前才能依稀看到掩映于竹木、杂草之间的残墙脚、老基石、石板径，无法一眼洞穿全貌。我是爬上较高一处山岗脊，撩开近前杂草，再远眺拉近地将其收入镜头的。初冬的皖南，枫叶远没能像北方枫叶已经红透，这儿仍是灰青色的。老丁说过，这儿几株高大上的老枫树非常惹眼，它们以及远处高岗的那一片较年轻的枫林，要到深冬才能美在画家、摄影家的作品中。

冬之魅，魅在冬枫之红，这也是老丁常常得意地挂在嘴边的。痴迷几年"野摄"，老丁如今已自豪地跨入中国摄协。老丁在《寻找油画村》一文中，将搭掌坞诸多元素中的冬之枫作为主打内容并极度偏爱地赋予其浓墨重彩。火红的冬之枫从此一路走红、走俏，而搭掌坞老村的人烟呢？

我在想，老枫树不会诉说陪伴搭掌坞、历经百余年的风霜故事，然而，站在高岗上的它毕竟能够在隆冬季节登高一呼，以一身火红作旗帜，遥领远处那一片红枫林，衬着近处四周的竹木之绿，招惹远方"好色之徒"前来摄之、描之、写之。仅此一举也够了不得的啊。

※ 竹海吞没古村

大竹林——此照片稍稍往大里说，几成竹海。原打算拍一张搭掌坞老村全景，我在村边拉开一箭之地左冲右突均无法奏效，因整个老村或掩或露地在大片的竹与林之中，而村中稍空敞处也被杂草小树占挤。我的多数照片都是钻进废墟堆中拍的局部特写。情急之下，我一口气再返到拍老枫树的所在，一看也不行，再往上，在最高的山岗脊处一块斜出的大石头上面，几近俯视地拍下这一张大竹林，你当然明白，这一片竹绿的下面藏匿着整个搭掌坞村。如有人航拍，也差不多如此，当时我这么想。

试图用镜头将整个老村一网打尽算是痴心妄想了。曾经鼎盛时的 30 多户烟火也罢，如今散落成光阴碎片的遗迹也罢，反正，现时的搭掌坞已完完全全被大自然顽强的生命之绿挤占了淹没了，使得我等凡胎肉眼无法看进去了。更何况，时光这一把利剑早已削掉了很多人的记忆。

※后院厨房残存一角

打农药的老婆婆——拍的是一位穿传统蓝布褂、年近八旬的老婆婆，背衬油菜地，在打农药。当时我从山上往山下走，快到山脚时看到她，我问老人家，现在这种山边小地块里也要打农药么？老人肯定地点点头，说不打哪成哇？现时的害虫到处都有，虫的命硬着呢，比老早那光景硬多了。拉呱之间我获知，近搭掌坞的这一小片梯田式的干粮地原来就属山上人家的。现在全撂荒了，只有山下几个老年人还会念想着山地，隔三岔五上来，大地块中种些油菜、小麦、玉米等，小地块种点家常蔬菜如萝卜、青菜之类。另在田头地角种点零星"香头"菜如芫荽、蒜、葱之类，倒是不用打农药的。只有老人用老农具与老村、老地对话，也算是老人们的黄昏之恋吧。

忽想到，我在城内大菜场买的多是大棚菜，看起来远比这儿的山地农家菜光鲜嫩绿，却不知是否也要打农药？反正吃着，感觉少了儿时在老家吃的那股清香可口之味了。

当时我答应要送给老婆婆一张照片的，她当时脸上笑开成一朵快谢了的山菊花。真的，她很像儿时的我奶奶……怎么啦，鼻子竟有些酸酸的，唉，怎么当时光顾拉呱没问询她山下家的门牌号？我后悔极了。

下次去，一定要找到你。我一脸真诚地冲着电脑屏中的老人点了点头。哦……打农药的老婆婆，穿传统蓝布褂的老婆婆，很像儿时我奶奶的老婆婆……

小山塘——这方小山塘，不大，估摸着切零拼整统算，也不过篮球场大小。山塘呈一桑叶形，周遭杂草矮灌木掩埋，对面靠山坡处伫立着一株大枫树，虽近冬日，叶依旧灰青着，向阳处斜出的一枝已有些冷黄。"这儿的枫叶，深冬才会全红"，无端地，脑海中又冒出摄影老丁那笑嘻嘻的话语。

塘内有浅水、有老去的萍草，静悄悄的，不知底下可还有鱼鳖？据说搭掌坞人吃的水都要从这儿挑上山去。往坡上右拐，小山径像蛇一样游进山坳里，不远处还有两方更小的山塘，从前是山上人在一眼塘中洗涮，另一眼塘中喂牲口。现在除雨季外，两眼小山塘内都干涸了，愁白了头的芦草几乎占满了塘底，俨然离愁别绪也充盈塘中——曾经的喧闹呢？曾经的人烟呢？都已远逝了，更不用说鸡鸣狗吠、村姑笑语了……我在此逗留片刻，似乎也"站"成了芦草，压根儿没有了拍摄的欲念。这儿离老婆婆打农药的油菜地也不过20米山地开外，再往上左拐，就是掩映在竹木林中的破败老村，曾引我多次长吁短叹的搭掌坞。缺水也是山民逃离的原因之一么？

如此这般，思绪被张张照片拽着走，过往与未来交集，我的双眼开始迷离起来，也许有些累了，鼠标不由地快速翻捡着，画面像是急速地"过电影"，又像是呼啸而来又箭一般离去的高速列车，我有些时空倒错的感觉了。

尾声或前奏

三言两语扯不清。反正，四年前在西城新区，我买了一个三居室新居，125平方米，三层上，没有装潢，至今我也没有搬进新居，一任其闲置着耗钱。

新居坐北朝南，前面40米开阔大道连接着东城老区和西城新区，被开发商誉为古良安与新绩溪最佳的黄金结合地段，当然价格不菲。

后面是一排安置移民的新居，再往后是新崛起的黄山机场候机楼——看官注意，我没写错，是在绩溪的黄山机场候机大楼。你想，我房子所在的小区，就离大大气魄量的、新建成的合福高铁绩溪北站仅一箭之地，乘车 14 分钟便抵达黄山高铁站，这段距离如何测定啊？你说是远呢还是近呢？快呢还是慢呢？看来年轻人和年长者会有不同的看法——这是一个奇怪却有趣的现象：如今年老的绩溪人去歙县或屯溪，仍喜欢乘坐每天往返十几趟的芜屯老公路上的公交客车；而年轻的绩溪人一则自驾小车上绩（溪）黄（山）高速，二则径乘合福高铁前往。

事实上，女儿放飞浦江之东、妻子追去抱外孙之后，我是在东

※ 位于绩溪县城张家巷的高氏宗祠

城老区的老氛围里、老房子里住惯了，于是惯出了慵懒，惯近了传统，惯远了时尚。虽说到西城新区的新居也只是五分钟电瓶车的距离。五分钟，于年轻人上台演讲，差不多也只是一张讲稿的时间。

便又忆起父亲退休返老家后时常对我讲起他当年的故事："忙不忙，三日到余杭。"每次，几乎都是这民谚开头，父亲是一个乐观、豁达之人，他并不像某些老年人的嘴，一话当年，先叙苦难。他总是乐呵呵地好汉又提当年勇——

父亲说，当年从老家石街头出发，经徽杭古道，"包袱、雨伞、人"，走着走着，那是真正货真价实的风、雨、日、夜兼程，用双脚丈量着老家到余杭的距离，远吗？近吗？他知我不知。跑单帮的他，再搭上一辆老爷车乐颠颠地赶往上海滩……瞧，这苦中作乐，远途也变近路了，我猜想。

一日早上，摄影老丁打来电话，说正陪一个北方旅行团队去油画村（他总是称"油画村"，我则固执于"搭掌坞"），问我是否有兴趣再去？他们的旅游中巴直抵山脚下新村边。老丁当然已知晓我近来也被这个近在咫尺的老地方纠缠着。

我说，暂不去凑热闹了。心中却泛起复杂的潮水：如今，往往仅离城镇一二十里地，就有散落于老徽州大小山野中，更多的鲜为人知的古村落以及蕴含其中的农耕文明、村规民约、淳朴古风已然消失或正在消失之中而与我们渐行渐远了。一方面，政府在大力推进城镇化建设，另一方面也在努力进行美丽乡村建设，用意都很好，但其中如何兼顾、如何来分个轻重缓急？这正在考验着每一个基层决策者的智慧——瞧，我又在杞人忧天了。

又想到如今有种说法叫作"打造古村落"，我不敢苟同。古村落是能打造出来的么？保护、抢救还来不及啊。那种所谓打造的新古村落几成新景点，旅游的色彩、金钱的味道近了，对传统人文式微的救赎却远了。是到了该去传统文化中寻找现代文明的基因的时候了！良心驱使我在心底竭力地呐喊。

那天上街闲逛，见沿大道、顺街面，一律的"改徽"项目仍在如火如荼地进行着，这又让我犯愁了，脸面可以徽派，一纸之隔的背街小巷呢？人心呢？乡愁是内心的乡愁呀，乡愁不就是物理距离、心理距离和文明落差共同作用下的乡之情结吗？改一点"徽"可以，但何必千篇一律地改呢？而且，还仅仅改在"面子"上。高明者早就在诟病中国式现代都市中"千市一面"的同质化倾向了，而当下的"脸面"一律"改徽"，是否有将仿古典同质化、表面化？——瞧，我又在充当"教导员"了。

这么一想，便觉得，或许当初老丁和那画家合谋的所谓"寻找"一点儿也没错。你想，全国那些著名的景点——自然的也罢，人文的也罢，已不需要你我去广而告之了。而像我鼻子尖下、眼皮所及的搭掌坞这一类默默无闻的小地方——兴也罢，衰也罢，在全国各处何止千千万万？老丁他们的捣鼓，起码能让四面八方喜欢到处乱窜的人知道世上还有这么一些陌生旮旯且新鲜之所。一个地方无论大小，只要人气旺了，当然会从外边带来一些什么，也会从这边带走一些什么。也正因为如此，或许另一群与我这榆木脑袋有相似之处甚至臭味相投者闻讯赶来，一同去礼拜搭掌坞或别处什么坞，不也正中下怀？"世界那么大，我想去看看"这流行语粘贴于此，恰为注脚。

将用惯的老手机扔掉吧，明天就去换一部智能手机，开通微信，加入朋友圈，开启另一种我们自以为是的《寻找……》之旅吧。

从此，新的行走、新的书写，极有可能让我也变成一个喜欢到处乱窜的人。

情思履和堂

　　我在老家履和堂里生活过近十年，时间虽不算太长，但却让我对这里的人和事留下了十分深刻的记忆。我要感谢履和堂，她为我历练了老家乡村生活的初始；我要感谢履和堂，她让少年初度的我感受到人性的本真；我更要感谢履和堂，她引我吸纳了徽州文化根基的营养。

百年老宅履和堂

　　我的祖居地伏岭下村，位在绩溪县岭南的登源河畔，这是全县规模最大、人口最多的自然村。建村有千年历史。宋宝祐年间，邵

姓迁入而世居，距今已八百多年了。祖居屋就在伏岭下村的村街旁。

这是一幢完全按徽派中轴线理论建筑的民居。正屋三间两厢、两层八部，坐西面东；正屋前向为院落，院落前是两个厨房，猪栏茅厕分列两侧；紧挨正屋左右，又各有一个小前堂，它们各由一条户路相隔并通向屋外村街。整幢建筑布局合理，构律严整，组合有序，设施齐全，体现徽派建筑特有的人文内涵。据先辈口传，这一占地300多平方米的祖居屋，是我的太祖父、徽商天炳公所建。当初，在一天内竖起大小四幢堂屋，此举轰动登源。屈指算来，此祖至我这一辈已越五代，若按繁衍至今的裔孙辈分看，也历七八代了。就是说，屋龄至少有180年了。祖居屋的照壁上方，置有一块以楷体

※ 作者出生地上海仁吉里9号

所书的、红底黑字的匾额，名曰"履和堂"，堂名由谁所撰题，现已无从考证。从内容看，体现当初创建屋主"和为贵"的人生理念。徽人历来重宗义，讲世好，崇和谐，尚友善，上下六亲之施，莫不秩然有序。每有三代，则建居宅冠以堂名，以别嫡传各房。我父辈原居住于该房正屋的南左侧前向一部到顶的两个房间。据说履和堂建成不久，就被太平军李世贤部士兵剁过屋柱，烧了地面，至今残迹犹存。

早年，父亲在上海经营徽馆业，20世纪40年代，我在该市的东长治路仁吉里9号亭子间出生。1950年春，随父母亲返回故园伏岭下村。记得小时候从灯红酒绿的大上海来到这黑灯瞎火的山村，很不习惯，疯吵着"要回上海"。孩子哪里会知道是时世之因把我招回了伏岭老家！从此，也改写了我的人生。我从大城市人一下变成了乡下人，生活逼迫我慢慢融入这个充满亲情、充满泥土芳香的环境之中。

※ 作者父亲邵仁卿

当时，我们履和堂这一大家中，大小有二三十口人，其中大伯、叔叔、堂兄等男人们都是我父亲一手携带出去的一班俗称的"出门客"（即徽商），他们都在上海徽馆忙着做生意。而留守在老家的就是我的祖母、伯母、母亲、婶婶、姐姐、堂嫂、堂姐妹等，还有我们几个幼少的小兄弟。从小，我就是在这样一个女性宗亲的氛围中长大。初来乡下，年少无知，什么都不懂，除了读书外，

※ 作者父亲大嘉福酒楼旧址

一些家务活、小农活都要从头学起,母亲和姐妹们成了我的生活老师,
她们手把手地教我怎么做。

姐姐婚嫁显风光

我们姐弟四人中,我排行老三。母亲带我们从上海回到老家后,
十八岁姐姐才出嫁于纹水河对岸的罗川村胡姓人家。婚庆那天,履
和堂布置得喜气充盈,因送礼的亲友多,上下堂都层层叠叠挂满了
红绸喜幛,其中不乏上海商界名流所敬贺的、制作考究、书写工整
的对联。婚礼办得十分隆重,光酒席就开了50多桌,摆满七八个邻
居家的堂屋,这在乡村中是不多见的。同时,因父亲是徽商,以开

※ 农家菜

徽馆为业,故十分讲
究婚宴菜肴的质量,
特地从上海采购了一
些乡下难得一见的海
产品来。宴席的规制
虽然是按绩溪登源一

带乡村民宴的十碗八盘来办，但由于海鲜的切入，便让传统宴席华丽转身，菜肴大大提高了档次。比如八盘中的萝卜丝改为海蜇丝，粉排改为熏鱼，

※绩溪徽菜民间宴席十碗八

十碗中的炖猪蹄改成煨海参，炒粉丝改成烧鱼翅，肉皮汤改成烧黄鱼肚，虾米汤改成干贝汤，等等。虽只改了几道菜，但按价格计算，这婚宴是农村普通十碗八盘的十数倍，难怪数十年过去了，还有老人回忆起我家那次婚宴时，仍然津津乐道"十里八乡第一冠冕"。

那时我只有七八岁，不谙婚礼的繁杂程序，但有些细节却至今难忘。比如，来接我新娘姐的是一乘漂亮的花轿，四角垂着四个用红丝绸扎成的彩球。当胡家来接亲的花轿抬到大门口时，我兄弟及本家同伴们闩上大门还不算，还用又长又厚重的木匠凳抵着大门不让进来，口口声声要开门红包。于是，对方将红纸包从门缝中塞进来，塞了一个又一个，当塞到第十个时方才把大门打开，谓之十全十美了。花轿进屋，先停放在院落里，请胡家接亲的人在堂屋围坐着喝清茶、吃甜茶、吃鸡子（蛋）茶、盖俏面等，谓之吃"三道茶"。茶礼毕，喇叭鼓声响起，抬轿人将花轿移到堂屋事先备好的圆形大竹匾（乡下人叫陈厢）上。这时，头戴凤冠、身着红色绣花红袍和脚穿红绣

花鞋的我新娘姐由人从房里背了出来，双脚落在竹匾上进入花轿，随手放下轿幔。此时，只见我兄抱着一只量米用的大官斗，跪于轿前，口口声声要姐把18年的米饭钱留下来，否则不让走。新娘姐在轿内哭哭啼啼，哭了一会，才掀起轿幔向兄捧着的官斗里抛进一只银划单来（银簪子）。这时，利市人大喊"起轿"！喇叭鼓声再次响起，花轿才慢悠悠地、转弯抹角抬离我家。

姐出嫁后，母亲在生活中缺了一个帮手，家里所有的事须由她一人操持了，好在母亲那时还年轻。

四季农活添雅趣

在乡村，农民为了维持生计，一年四季农活繁多，田里种稻麦，地里种豆薯，家里养禽畜，菜园种蔬果，坳里采茶叶，山上砍柴火。一茬一茬的农事，把乡村人的日子打发得严严实实，井井有条。作为乡村的孩子，自然也从小农活做起。

春收，到麦田捡麦穗。历来，伏岭一带秋季以种植小麦为多。到了春末，午季作物小麦的收获季节到了，不误农时，常常是上午刚割好麦子的田，下午或次日便要放水耕作，以栽种水稻。于是，农家在割麦时，总是行动匆匆，这样，麦田里不免要散落许多麦穗头，熟透了的麦子，更容易掉穗头，为了到嘴的粮食不浪费掉，农村小孩便有了捡麦穗这一活动。每到这时，我与小伙伴们都要结伴去麦田里捡麦穗。那时，也正值乡村水果李子上市的季节，有时大人为了鼓励孩子们去捡麦穗，常以"捡来麦穗给你换李子吃"为名予以促进。会捡的孩子一个午季下来，捡来的麦穗竟有百余斤哩！麦穗捡回来，放到竹匾里晾晒，晒干了用手搓揉，将麦粒从穗头里脱落出来，扬去麦壳，留下的就是麦粒。午季作物小麦收割登场后，有的人家为了尝鲜，常常迫不及待地将麦粒晒干，挑到水碓下磨成面粉，这第一次加工出来的面粉既新鲜又洁白，农家时兴做稍薄的夹白拓馃吃，并在宗族邻里中相送，这新麦面做出的拓馃很甜润。有的夹白吃，有的佐菜吃，有的干脆到晒在太阳底下的酱钵、酱缸里舀点黄豆酱作佐料吃，这也是农家麦收后饮食生活中的一大快事。

夏天，去田畴山野打猪草。农村人没有哪一家不养猪的。老家伏岭人口众多，田地稀少，粮食不足，猪草便成了养猪的主要饲料。于是，打猪草也成了孩子们的又一业余活动。每到放学回家，我就挎上竹篮去田埂采集野苋菜、猪婆藤、扁扁拓馃等猪草，一般花个把小时便可采到一竹篮，然后跑到河边把猪草洗干净，回家交母亲烧煮喂猪。假期里,母亲还要带我去山野打猪草,上山采集的猪草主要以嫩柴叶为主,又叫捺猪叶。捺得最多的有野苎叶和野葡萄藤叶。有一次母亲带我到对面山上去捺猪叶时,见一块大石壁下有一棵很大的野葡萄藤,其藤蔓布及面积十多平方米,母亲见了高兴极了,说:"这下好了,不用再爬上去,这棵藤的叶子摘下就足足有一大袋了。"因上山捺猪叶要穿越柴草窝,故用竹篮很不方便,所以用布袋为多。当我跟着母亲兴致勃勃地采摘野葡萄藤叶子时,见有的藤上沾有许多白色的泡沫,问母亲这是什么东西?母亲告诉我,这是蛇唾沫。听说是蛇唾沫,我吓得把手缩了回来。母亲笑着说:"别害怕,蛇唾沫是最干净的,没有毒,弄到手上也不要紧。你若觉得恶心,就摇摇藤干抖掉它。"说蛇蛇就来,这时,真有一条花斑的蛇从不远处的藤干上爬下来,我吓得一动也不敢动。只听见母亲"嗨嗨"两声,蛇顺着藤干爬下去溜走了。这时,只见母亲手上沾有许多蛇唾沫,她一点也不害怕。母亲说:"这条蛇的头是圆的,不是扁的,没有毒。蛇怕声音,听见我们脚步声或喊叫两声,它就会爬走了。但上山一定要睁大眼睛,只要不碰到它,它绝不会伤害你的。"我从内心佩服母亲胆大心细,且懂得对付蛇的知识。

秋季,到山野采板子。秋天是个收获的季节,板栗、板子陆续登场。我们老家周边山上板栗树稀少,不进深山是采不到板栗的,而板子树（又名板树）在村子附近的低矮山野随处可见。每年霜降一过，采板子的季节就到来了。每到周日，母亲便带着我们，挎着小竹篮，携着布袋上山采板子。板子树属阔叶植物，石栎科，树冠不高，果实如成人的中指头那么大，呈椭圆形，一端稍尖，另一端略圆，下有粗质萼托，外有青黄色薄质硬壳。采得好，半天就可采到七八上十斤。采回来的板子晒干后，用木槌把硬壳击碎，或用石磨粗磨，以此法把板子粒从壳里脱出来，脱出的板子粒外带绒毛的薄衣，须用水浸软方能脱去，露出黄色的板子肉来。

　　乡村人采板子的目的是用来做豆腐吃，吃这板子豆腐可真不易。这是一件颇费工夫的活计，板子肉虽然脱出来了，但要做成豆腐，还有好几道工序哩！先将板子肉洗净，再将板子肉带水磨成粉浆，然后将粉浆倒入一粗布袋里搓捏，使粉水从布袋中沥入盆里，粉水经沉淀后，倒出浮面上的清水，将盆底的硬粉浆一块块铲入竹匾里晾晒，晒干碾碎后就是板子粉了。这种晒干了的板子粉，才利于存放。

　　制作豆腐时，将适量板子粉用清水调开调匀后待用。锅里放清水，

※ 滤豆腐

※ 板子豆腐　　　　　　　　　※ 炒好的板子豆腐

烧开后把调好的粉浆徐徐倒入沸水中，并用锅铲或长竹筷不停地搅拌，直到板子糊渐渐凝成棕色的黏稠体，再用锅铲将其铲出来倒入盛有凉水的盆内，冷却后便成了板子豆腐。

板子豆腐烹制方法很简单，锅坐中火上，烧热后放入菜籽油，再放姜蒜煸炒，将切片的板子豆腐入锅翻炒后，调入佐料，待入味了即可出锅。板子豆腐以净炒为多，口感十分鲜嫩，也无苦涩味，是一道老少咸宜的菜肴。由于它的外观似玛瑙色，故又有玛瑙豆腐的雅称。少时，母亲常给我们做板子豆腐吃，在当年食物匮乏的年代，板子豆腐可算是奢侈品了。

冬天，去山坞里砍柴。我们老家日常烹制食品的主要能源是木柴。家乡是个山区，山上有取之不尽的木柴。由于资源十分丰富，使得山里人对其使用十分讲究。用来引火的有细如衣针的松毛，煮饭和烧炒菜肴的有如手指粗的草柴，烹制肉食和蒸包馃的有粗若手臂的片柴，炖菜用的有松炭和料炭，烙拓果的有麦秆打成的麦秆纽等等。

山区虽然林木遍地，到处有木柴可砍，但砍柴又讲究季节、树种和山场。在一年四季中，春夏是树木生发和长势旺盛的季节，其枝干中储有充足的水分，所以此时不宜砍伐当柴。时入秋冬了，树木进入休眠期，吸纳水分减少，开始落叶凋零。特别是秋收之后，家中农活渐少，这时才是砍柴的最好时机。

※片柴

有力气的年轻男性大多进老家的"江南第一关"黄茅培砍劈柴，因大山里的树木又高又粗，砍倒一棵小碗口粗的树木，剔去树叶，把砍断的枝桠用藤索捆绑于树干之梢，便可肩扛驮回家了。上山砍硬柴，是个吃力而危险的活计，因粗一点的硬树，都长在悬崖峭壁上。第一次跟着比我稍长的同伴去砍柴的对面山叫鸡鸣尖，海拔1300米，崖壁陡峻，山上连便道都没有，上山时一会钻柴窝，一会走峭壁，空手走都不易，真担心扛着粗大的柴回来时，不知会遇到怎样的险情。同伴告诉我，高山砍柴有规矩，这山的山圣很重，喊话要十分注意，不要在山上大声喊叫人的名字，不然会把松动的山石震塌下来，造成危险；将砍倒的树从山谷里放下来时，为避免伤人，先要击掌示意；柴砍好准备回去时，不要高声叫喊"我回去了"，而是跟同伴说"草鞋拔拔呀"！那次柴砍好扛着过石壁时，同伴见我双腿发抖，颤悠悠的不敢挪步，他便接下我肩上的柴担，为我扛过去，我才空手慢步爬过石壁。自那天砍柴回来没多久，就听说我的一位同学在那个叫马头岭的石壁路上扛着柴担走过时不慎摔下山崖当场丧命了。同伴说，今年那地方不干净，不能再去砍柴了，否则会被"讨替代"的，即那位摔死的亡灵，会在那里作祟而制造类似事故，他就可以升天了。虽然是封建迷信，但至今想来，不免让人心有余悸。

砍草柴多在距村不远的低山上，种类较杂。我初次上山砍柴时，母亲教我认柴名，告诉哪些树宜砍哪些树不宜砍。适宜砍的有草藤花、板托树、赤榴祭、青柴等，这些树均为实木，晒干燃烧很发火；不宜砍的有青棵冻、夹茅灰、漆树等，因这些树有些是常绿树种，砍回不易晒干，有些不易发火，有些对人体皮肤产生过敏性损害。村里有"青棵冻，没火种，夹茅灰，烧烧隐"之谚。再是松

※草柴

压纽，即小松树也不能砍。少时不知何因，长大了才知道家乡主要属沙质土壤，下雨天山上容易产生水土流失，松树有较强的固沙作用，且长大了可作建筑材料。

我最怕冬天砍柴，因天冷，手被冻坏，砍起柴来手掌常被树枝弹得疼痛。有一次，天阴沉沉的，老人都说这天气恐是"作雪"了，可是母亲还是带着我去砍柴，见我嘟哝着嘴显得很不高兴的样子，母亲说："大雪季节到了，这天要落雪了，一落就会落好一阵子，雨雪年边下，到时无法出门，不去抢点柴回来，以后做饭都没柴烧了。再讲过冬搞柴是苦，不吃苦不成人呀！老古话讲做得苦点吃得快活点！"母亲总是不放过任何一个机会教育我。母亲说着，这时天上真的飞起了雪花，我们母子俩硬是冒雪抢砍了两担柴回来。虽然感到很苦，但战胜了恶劣天气而做成一件事，心里又感到无比的欣慰！

我们家门口有个三角形的地坦，时入秋冬，村民都上山砍柴，砍回来的爿柴剁断破开后堆放自家院落，砍来的一捆捆草柴都堆放于这地坦上，一家放置一大堆，码放得整整齐齐，这些柴堆就成了我们小伙伴做躲猫猫游戏的好地方，小同伴们嬉心重，有时从晚饭后一直疯玩到深夜才归家，衣裤也被草柴拉破了，不免受到家长的训斥。

乡村山野树木虽多，但也不可任意砍伐，村里订了约定俗成的规章，实行分山坞区片砍伐管理，分时段封禁山林，以保证林木的休养生息。如果乱砍滥伐，就要遭到处罚或没收砍伐工具。这是祖祖辈辈订立并沿传至今的规矩。如何让村民知道哪片山坞可砍，哪片山坞不能砍，这有固定的专人按时在村里以鸣锣口示形式告诉村民，这些专人大都为孤独而不能从事正常体力劳动者，没工资收入，只是村里不管哪家做红白喜事时，他都可以去吃，且不会受到任何人歧视。

这些活计都是农村孩子一年四季的必修课。此外，我还跟着母亲学会了打椤磨麦子。

土药土方治病伤

从上海回到老家，见厨房墙上挂着各种干枯的植物枝叶，起初不知拿来做什么用。后来生了两次小病，才明白了它的用途。一次是从上海回来不久，正值盛夏，不知是因水土不服，抑或是受湿热，或蚊蝇叮咬之故，我的手臂和两小腿上长了许多嫩黄色小疱丁，家人说这是脓包。母亲便到墙上挂着的杉树枝上摘取了一根针叶来，在清水里洗一下，用尖的一端把一个个脓疱挑破，再以拜菩萨用的火纸把脓水挤出来吸干，然后用茶水洗净，脓包两三天就慢慢结痂了。据说用那杉枝叶刺来挑脓疱不会发（即感染），这是第一次在乡下见母亲用这种土办法为我治小痛小痒。有次伤风了，母亲也是在墙上取

※ 杉枝刺

了一根手指粗的干树枝，截了香烟那么一段，又取了另外草本枝上的几片枯叶洗净，一起放锅里熬水，放点赤砂糖，让我睡前喝了一小碗，睡了一觉，发了一身汗，次日伤风的不适就好多了。喝这甜水时，我一边想着在上海时也曾得过伤风，父亲送我到四墙雪白的、床单也雪白的外国人开的西医院去诊疗，医生看了我咽喉后，拿了一只小高脚杯倒了一杯白色的有点稠又有点怪味的药水让我喝，喝着喝着，难受得我直想作呕。想想还不如老家这药水好喝。后来方知这药水叫红藤紫苏砂糖水。

老家治病不仅有土药，还有土法。有一天中午放学时，由于学生拥挤着跑出校门，我哥边走边看书，不慎被后面拥簇的学生推倒，

※ 草药红藤

※ 草药紫苏

额头上被撞了个包，回家时祖母叫他吃午饭也吃不下，见他左额前肿得发紫了，问明缘由，祖母赶紧找了张锡箔纸，又在上面洒了些白酒，为他敷于患处。我在吃饭时，突然见兄长头一歪倒在柜箱上就不省人事了，而且全身不停地抽搐，吓得我不知如何是好。我赶紧喊祖母来。当时母亲不在家，上午她与大妈去中坑捺板花了。时近晌午，一只乌鸦在她们头上盘了三个圈，又停在附近的小松树上朝她们"啊！啊！啊！"叫了三声飞走了，大妈似乎预感到了什么，对我母亲说："正当昼（午时）了，肚子饿了，我们回去吧！"当她俩回到家里时，见老屋里一片混乱，祖母和婶、姐们围着兄长，有的叫喊着，有的用两屈指在他身上刮痧。祖母见大妈来了说："我正央人去叫你们赶快回家哩！"大妈见状，问明情况，抛下板花袋，顾不了洗手，便用大拇指按兄长的鼻子和嘴唇中间部位，后又要来毛巾，包着兄长的脚后跟用嘴咬了一会，兄长才"啊"的一声叫了出来，见兄长回过神来了，大家紧张的心情才放松下来。又见大妈不知弄了点什么汤水来让哥喝下去，让他去睡一会。后来方知兄长这突然发作的病叫惊厥，大概是中午放学时摔跤受惊吓引起的。

大妈这一手到病除的奇迹让我十分钦佩。后来，我发现不少人来找大妈，有的是皮肤长了什么肿呀块的。每次病人来，只见大妈一边看病人的患处，一边问询情况，然后到田埂或山野一个转回来，把在河里洗净了的、只有她自己才知道的药草放在石墩上，调上盐，用斧头砸成草泥，唤来病人给他敷上，用布包扎好，并嘱咐几句，病人回去了，过两天换次药，百分百痊愈。还有一次，邻村的一位妇女抱了一位两岁的小孩子来找大妈，诉说这孩子拉肚子七八天了，看了几位中医，服了许多止泻药都不管用。只见孩子拉得面黄肌瘦，毫无神力地将脑袋搭在母亲肩膀上。大妈见状，去房里拾了几块树根样的草药，要这妇女熬水给孩子喝，一天三次，并嘱多喝水。三天后这位妇女面带笑容地来找大妈，说孩子拉肚止住了，胃口也开了。大妈说再服三天药估计就会好了。这孩子终于得救了。后来每到过年，孩子都来大妈家拜年，大妈去世了，每年清明节，已长成青年的孩子都要上大妈坟上祭拜。大妈这一手真了不起，她真的成了这一带村民心目中的神医了。自小，我在这履和堂老屋中长大，让我慢慢感悟到了生活的不易，学会了长辈们如何去克服生存困难的办法。诚然，在那个科学技术落后的乡村里，自然也有许多愚昧、迷信的做法。

我二婶的孩子，小时候，晚上总爱哭，一哭就是个把时辰不止，有时一晚要哭几次，闹得众屋本家晚上都睡不好觉。因我那时读三年级，会写毛笔字了。有一天，二婶跟我说，村头和尚寺墙上贴了一张红纸，托我去看一下，上面的字帮她抄来。我答应去了，不一会回来告诉二婶，不用抄，我念了几遍，都背下来了。于是，背给二婶听："天皇皇，地皇皇，我家有个夜啼郎，过路君子念一遍，一夜睡到大天光。"二婶说："对！对！就是这些话，我去买张红纸来，你帮我抄三四张贴出去，你小弟弟晚上就不再哭了，也不会惊吵大家了。"我如实这样做了，可是小堂弟晚上仍然要啼哭。

还有一次，小堂弟伤风发热不退，大妈要她给孩子服点红藤紫苏，可是二婶不从，却使了个迷信招法。有天吃过晚饭，天色渐暗，二婶跟我说，你弟生病发热不退，你来帮我"叫魂"。我不知这是什么玩意，只是照二婶说的去做了。她在前面走，提着衫袖袋边撒茶叶米边喊"xx呀！大胆来家做大公呀！"要我随即应声道"来了！"我跟着她从小弟睡的房间一直走到村头的天灯旁，在此周围使劲撒了一圈茶叶米，然后又边撒边喊，从天灯原路喊回到她房间，在房间里又叫了一会，将茶叶米撒向床顶、床底下，撒完后只见她撩起蚊帐问睡在床上的我小堂弟："是否好点了？"我跟着二婶喊到她房间后便离开了，也不知堂弟到底退热了没有？

以命换纸母子情

老家的山野，翠竹成林，既有人工栽植的苗竹、燕竹，更有山野的江南竹、金竹、水竹、木竹、麦黄竹等。

有年春上，一场春雨过后，山上竹笋竞相生长。有一次母亲只身去村后的木岭岗拔野笋。我们老家都是沙土山，当她刚爬到山顶时，不慎踩着一片石壁上的浮沙，脚一滑，人从丈余高的石壁上坐滑下去。刹那间，她想这下完了，肯定是有命去无命回了。滑到壁底时，很奇怪！她正好

※ 燕笋

坐着一软软的东西。当她从惊魂中回过神来，确信自己未被摔死，手脚也未被摔断时，才定了定神，攀着身边的小树枝慢悠悠地站立起来，回转身一看，原来刚摔坐在满身鳞甲的小动物身上，这小东西不知是受到惊吓抑或是受伤了，匍匐于地，一动不动。母亲干脆笋也不拔了，壮着胆子，冒着有突然被攻击的危险，小心翼翼地用笋袋兜着，飞快地把这不明小兽装进了布袋，并使劲扎紧袋口。然后坐在地上，倒倒鞋里的沙粒，定了会神，再起身背着这有些蠢蠢欲动、重有六七斤的小兽兴冲冲地回到村里。邻里获知，争相赶来观看，一位长者说："这可是只小豪猪呀！遍身是药，这东西比你拔一袋野笋值钱多了！"于是，母亲将其卖与下半村炳杰药店，后将卖得的钱去商店买了一刀毛边纸回到家里。我们放学回家，见桌上的笋袋里不是笋，打开一看是一刀纸，感到很奇怪，母亲就向我们讲述了她上山拔笋时遇到的险情，我们听了既心疼又欣喜。

我们用母亲以生命换来的毛边纸习字学画，更懂得了珍惜与勤奋。这一个惊险的用生命换毛边纸的故事，激励我在书画练习的道路上走了大半生。

父母家教端品行

父亲常年在外，我们跟着母亲生活。为我们能健康成长、成人，母亲不仅一肩扛起一家六口生活的重担，还担负起对我们家教的责任。这种教育涉及方方面面，比如：恪守孝道：母亲是长媳，在她们三位妯娌中，起到表率作用。一年四季，母亲总是天不亮就起床。冬天，早晨装的第一个手炉，沏的第一壶清茶，一定先送到还未起身的祖母床前；夏天，每天要为祖母揩身擦背、汰洗衣服、清洗溺盆。有时她做了好吃的菜或人家送她的糕点，自己从来不舍得吃，都是留给祖母品尝或带给住在五里之外的外婆吃。捡物不昧：有次母亲起早去邻村一豆腐店做事，路上捡到一捆棉纱线，她经四处打探，千方百计找到失主，把失物如数奉还人家。刻苦耐劳：母亲具有粮食加工方面的技能，邻里十数户人家的米面加工常依赖她帮忙，她从不推辞。有次因赶上节日要做包馃，一连数家托他加工面粉，致使她三天三夜连轴工作在加工粮食的水碓下，一刻不能休息，却从未听她叫过一声苦。勤俭持家：我们在吃饭时，母亲总是要求我们碗要光桌要净，不能遗落一颗饭粒；她上有老，下有小，既养鸡又养猪，既砍柴又种田，一人撑起了这个家的全部活计；她白天做事很辛苦，夜里还不能早早地休息，每晚就着昏暗的油灯为我们编织、缝补衣衫到深夜……母亲身体力行地所做的每件事，虽然都很普通，但在我们做子女的看来，每一件都显示出徽州妇女特有的美德。我们看在眼中，融在心中，懂得了世间什么叫真善美。母亲的高尚品质，就是做儿女的一笔精神财富，让我们终生受用不尽。

父亲虽然只有过年时才回来小住十来天，但也从不忘培养教育我们。有时教我们唱戏。伏岭是徽剧故乡，每年过年都有舞狮活动，记得父亲的京胡拉得不错，他说我嗓门好，教我唱京剧《玉堂春》《女起解》《四郎探母》等；有时为我们回忆他经历的故事，让我印象最深的是在抗战的岁月里，他在上海的一位同事避难返籍，皮箱存放在他身边，后来闻知这同事突然亡故了，但在这兵荒马乱的世道中，父亲还是几经周折把同事的皮箱保护下来，送到其在籍家属的手中；有时教我阅读背诵《昔时贤文》《道德经》等，为我讲述为人之道，行事之理。润物细无声，父亲的一个个动人的故事，一句句哲理箴言，对我们的成长，起到潜移默化的作用。

备年三事好忙闹

"冻冰上墙，杀猪杀羊"，这是流行于老家一带的俗语。"冻冰上墙"实际是指时入冬令，天气寒冷，雨雪不断，民居屋上瓦槽里流下的水结成的、悬挂在屋沿边的一排排冰凌，这是乡村中的又一道风景，这也意味着快要到阴历过年的时候了。孩提时，常与一群小伙伴们操着棍子，一边敲打、吮吸冰凌，一边念着这朗朗上口的俗语。"杀猪杀羊"是指为农历新年做的准备工作。其实，雨雪年边，这种为过新年做的准备不只是"杀猪杀羊"一项，老家还有做麻糖、做豆腐等家务活。随着家庭主妇越来越忙活，年味也就越来越浓了。

豆腐，是老家过年时的必备食品。过了腊月半，看到母亲都要做好几天豆腐。此前，总要在邻里间挨家挨户地征求需要豆腐的数量，叫"会豆"，多数村民都以黄豆兑换，每升豆约换2斤半水豆腐。因母亲做的豆腐质量好，所以只要上门征订，都愿请她代为加工。这种代户加工的形式不收任何费用。做豆腐要烧柴用水花劳力，拿母亲的话来说，只是为赚点豆腐渣给猪吃。豆腐做成，根据户家征订的数量，又挨家挨户送上门。寒冬腊月，气温低，所做豆腐浸入冷水之中，一两天换一次水，可保证豆腐能存放一段时间而不致变质。

※磨豆腐

老家村民过年做的豆腐有多种吃法，可以把腌菜或青菜与豆腐共烧煮用以佐餐，旧有"青菜滚豆腐，日子长如路"之谚，青菜豆腐均为素食，反映当地村民向来都有以食素为主的节俭习惯。可以用豆腐做水馅包吃。老家一带每逢腊月二十八九，家家都有做包子做馃的食俗。包子是用面粉作皮包裹馅料，馃是以米粉作皮包裹馅料。做包子的馅料多种多样，但以做水馅包最为上乘。水馅包的馅料以鲜肉为主，以水豆腐为辅料，拌入冬笋香菇等，加入适量调料和皮冻，蒸熟食用，颇像灌汤。水豆腐也可作煎豆腐用，老家有一道家常菜叫油豆腐烧肉，做这道菜要用油豆腐，故所做的水豆腐一部分要切六七厘米见方，约二厘米厚的豆腐块入油锅煎炸成油豆腐。过年做菜时，每块油豆腐对角切成三角形的豆腐角，用以红烧五花肉或烧腌菜，这些都是老家过年时餐桌上的主打菜。食不完的油豆腐以盐水浸泡，以防变质，又可保存一段时间。

麻糖是老家过年时常有的一种沿传数百年的糕点。新年时，不论走到哪一家，桌上的果品盒里，麻糖是必不可少的一道甜食。麻糖是个总称，根据其用料又分为冻米麻糖、谷花麻糖、腊米麻糖和麻片等。麻糖虽在腊月加工，但其备料

※ 做麻糖

工作却在秋末冬初就要进行。过年时，老家几乎户户皆做麻糖。母亲是位贤淑又颇为好强的女性，有一次，听她跟小姨说："过年做麻糖，人家有的我们家一定要有，不就是多用几斤糯米几斤芝麻的事吗？我不能让自家的孩子过年看着人家吃，那样做娘的心里就不好过。"我们做子女的听了母亲这番话，知道这是母亲对我们的疼爱，但这样一句简单的话会给她自己带来多大的操劳呀！母亲这样说，也是这样做的。为过年做麻糖，她早在前一年的秋天就划算次年哪块地种大麦种芝麻，哪块田种糯谷种籼稻。这些都是做麻糖所必需的材料。

午收，母亲把大麦割下脱粒后晒干存放，下半年用它来熬制饴糖，这是做麻糖必需的黏合剂和甜味素；入秋，母亲把成熟的芝麻秆拔

※ 做云片糕

起后放在地里晾晒，并多次去地里将芝麻倒脱出来，整理干净后待炒，用它作麻糖的配料，吃起来更香；腊月，母亲把糯米蒸熟后，放在竹匾里阴晾、冻干，搓开后用铁砂炒成爆米花，这是作冻米麻糖的材料；母亲把上好的糯谷晒干后，伴入适量的蜡烛油入锅爆炒，让谷粒炸成雪白的米花来，这是作谷花麻糖的主料，有谷花的麻糖，吃起来更加松脆；母亲把刚收获来的糯谷入锅放清水烧煮后，把谷粒炖开，晒干，入石舀舂制，使米粒从谷壳中脱出来，这是作腊米麻糖的材料，这种麻糖别具风味……

光预备这些做麻糖的材料，就已经断断续续耗去母亲几个月的时间和精力。由于几种麻糖的食材已经准备就绪，到年边时把麻糖师傅请进门，只要花半天工夫就精制成了一箱箱充满桂香、诱人食欲、又甜又脆的新年主打糕点——麻糖。这麻糖不仅可用以招待客人，还可作平时的零食，又可当上山下田劳作时充饥的干粮。

杀年猪，是老家"备年三大忙"的重头戏。农村人家大多都养猪，劳力充足的农户有一年养两三头的，每年的端午、中秋、过年三大节，节节有猪杀，猪肉除留足自食的外，其余的卖与店家。

父亲常年在外，母亲一人撑着这个上有老下有小的缺乏劳力的家庭，靠她一人一年养一头猪实在很不容易了。饲养生猪的食料除了用舂碓的下料米糠外，多数青饲料都要去山野田畴采集，故而在饲养中花费大量心血的母亲，对年猪的宰杀十分重视，每年临近腊月时，就要早早与父亲联系，看他何时可以动身从上海回家过年，母亲一定要等家里人都全到齐了才肯杀年猪，以便让全家人共同分享她的劳动果实，也算是她对老人、对丈夫、对孩子的一份回报。

腊月，是乡村杀年猪比较集中的时段，也是杀猪师傅一年中最忙的时候，一天要杀七八上十头是常有的事。起早落夜，很是辛苦。轮到我家杀猪了，母亲便要早早准备一只大木桶，烧一大锅水预备着。杀猪师傅进门了，将一只养得光溜溜、油亮亮、约莫 120 来斤重的黑毛猪从猪栏里赶了出来，当猪慢悠悠地被赶到桶边时，师傅们急速并强行地把它捉上了板凳……当猪突然停止嚎叫的那一刹那间，见母亲眼里噙着泪水背过身去，我们完全理解母亲此刻的心情。约莫个把时辰，杀猪师傅已将猪的各个部位都肢解完了，一

※ 加工粉丝

块块全放在一个竹匾里，剩下的事由母亲自行处理。这时，如遇上用餐时间，母亲就要忙着款待师傅们吃饭。招待师傅的菜肴有四五样，一只荼铫，铫内盛满五香腌菜烧前夹心肉，显得浓油赤酱，端上桌来，一股股浓浓的醇香味飘散满堂，另有炒猪肝、炒青菜和花生米及炖猪血汤等，这套待师菜谱，几乎家家如此。菜虽简单，但有荤有素，有炖有烧有炒，油水充足，足以让师傅们大饱一顿了。

老家地处山区，由于地理环境和自然条件的影响，旧时，民间菜肴的用油都偏重，所以一头猪杀倒，母亲就要将猪的各部位分别做出处理：取下一部分肉条和前腿挂于阴凉处，猪内脏作断生加工，以备足过年的用肉；一部分肉条、猪头和后腿分别腌制后做成腊肉和火腿，腊肉用来春天烧笋，火腿用来夏天焙冬瓜；花油熬制成化油，板油也切丁后腌制。所有肉食的处理，目的是保证全家一年吃肉用油之所需。难怪有外地人称绩溪人会过日子，其实这里村民的饮食习俗完全是受地理环境的影响而形成的。

※ 吃散伙（吃撒祸）

年猪杀倒后，老家还有个请客吃饭的食俗，谓之"吃散伙"。今年请谁来吃？母亲在心里早早就有了盘算。除了请村里的长辈、近亲及要好的邻里外，一个妇道人家，一年到头为种田种地，为寻医问药，为传递信物，为孩儿念书等等，免不了要寻求帮助，为了表达感恩之情，趁着宰杀年猪的好机会，这些施惠者也必在邀请之列。"吃散伙"少则一两桌，多者四五桌，再多就分批分日宴请了。"吃散伙"的菜肴是以猪肉、肚窝为主，比较丰盛，如冷碟有卤肝、口条、猪耳朵、小排骨、花生米、皮蛋等，大菜有油豆腐烧肉、郭笋炖猪蹄、炒腰花、猪肠霉干菜、炒三鲜、猪血汤及素菜等，外加村里人自酿的烧酒、米酒。母亲不仅要请客人上门来吃，还要将炖制的猪肉、猪血、猪肠、猪肺汤，一碗碗的分送给那些孤寡老人。

年猪家家杀，"散伙"户户请，每户当家男人在这腊月间，几乎天天有"散伙"吃。村人相互宴请成了这时段的一桩盛事，吃得热闹是这年边的一大特色。

说到"吃散伙"，有一事一直困扰着我多年，就是"散伙"二字怎么写才算准确？"吃散伙"是怎么来的？最近一个偶然的机会，邂逅一位九十高龄的乡村饱学之士，向他请教"散伙"的谜底。老先生告诉我，他看到有人写"散伙""杀伙""算伙"的都有，五花八门，其实都错了！要追根溯源，还得要从人们的信仰说起。旧时，乡村百姓几乎没一家不信佛的，每月初一、十五都少不了要烧香拜菩萨；且一年中的二月、六月、九月这三个月的十九，还要拜大慈大悲的观世音，一年到头要祭祀时令神道的节日则更多。可是，这些佛门信士们每年过年又都免不了要宰杀年猪，平时杀鱼杀鸡更是常有的事，而这杀生又是有违佛规，有悖佛法的行为。所以老家民间采取两条措施来避免因杀生而惹来的灾祸，一是猪刚杀倒，要舀碗鲜猪血泼在大门外墙边，并点燃香纸拜祭各路神道，请求对触佛行为的宽恕；二是请客人来吃杀猪菜，并将其分送给周边邻里亲友，谓之"吃撒祸"。后来，由于土语以谐音口传，将"吃撒祸"传成"吃杀伙"或"吃散伙"了。听了老先生道出的一番原委，顿觉不无道理。

全家团圆过大年

父亲带着履和堂的一帮男性宗亲常年在上海经商，时近年边，他们陆陆续续回家过年了，这是履和堂一年中最为热闹、最为幸福的时光，连水馅包也变成圆形的了。

说起这水馅包变形，话还得从绩溪多节说起。旧时，绩溪除了有时令节日之外，还有神节、鬼节等，总计有40多个，连沐浴都有节。在众多的节次中，都少不了有置供、祭祀、食俗、娱乐四个要素。老家一带在节日中的食俗以做包子为多，置供也要用包子。包是以圆形薄面皮包裹或荤或素馅料，入笼屉蒸熟即成。这些包子以鲜肉豆腐或牛肉萝卜作馅的两种为上品。小时，见母亲做的包有时是半月形的，有时是做圆形的，让我不得其解。后来才听老辈人说，唐朝，绩溪百姓在正月里为祭拜汪公大帝的罢琼碗时，置供的包子都是做成圆形的，一直相沿至明代，徽商发展了才改做半月形的。缘由是那时男人们大都外出经商了，留下在家的都是女人和小孩，平时过节一家人都不能团聚，在家老少不免思子思夫思父心切，所以徽商妇们都将

※ 做水馅包

包做成半月形的，且要捏成 12 个褶，以示月月思念旅外亲人之意。只有到了过年的时候，在外经商的男人们都回到里中，一家老少团圆了，才做成圆形的。包形的这一改变，表达了徽商家属对贾食他乡亲人的无限思念，充分体现徽人浓厚的人情味。

　　按老家的习俗，腊八节到来，吃了腊八粥，扫了屋尘，"年"的脚步便越来越近了，家庭主妇也越来越忙了，大家虽然忙得十分

辛苦，却也忙得开心！一般来说，做麻糖、杀年猪和做豆腐这备年三大事，在腊月二十四前都已完成。

腊月二十四是小年，老家一带称烧年，烧年的晚餐除了准备七碗八盘菜肴举行家宴外，此前，先要拜谢一家之主灶师菩萨上天奏善事，目的是希冀来年下界保佑老少平安，也保佑履和堂的"出门客"（徽商）们生意兴隆。

※ 水馅包

※ 圆形水馅包

※ 水馅包

按老家习惯，腊月二十八做包做馃，包子自然是做圆形的、最冠冕的水馅包和牛肉包。包子蒸熟上桌，那腾腾的热气，烘托着一幅其乐融融全家福的和谐图景。一家人围坐一桌，喜滋滋地吃着美味而灌汤的包子。这时，我才觉得，有父亲端坐上席的家，才算是团圆而完整的家。这天除了做包做馃之外，还要打蒸糕做灶馃。记得小时候每到腊月二十八这一天，天未亮母亲就起身打蒸糕了，待我们起床，蒸糕就蒸熟了，我们抓紧洗把脸就吃。蒸糕有甜有咸，糯而绵软，口感极好。为什么平时不打蒸糕呢？母亲说，"蒸糕蒸糕年年高，不就想在新的一年里图个步步高升、高福高寿的吉兆的意思吗！"此外，还要做扁圆形、中部上下稍厚的灶馃，灶馃由米粉做成，上笼前在灶馃顶部用手指揿一凹陷。据母亲说，蒸熟出笼时，若见凹陷处有水，就说明明年不干，风调雨顺，是个好年成。

　　除夕夜到了，老家的长辈们最重视莫过于这顿年夜饭了。因这是旧年的最后一顿饭，又叫"分岁饭"或"封岁饭"，土语中分与红谐音，故白米中要放点红豆（赤豆）共煮。菜肴十分丰盛。食材有地上走的、天上飞的、山里长的和水里游的，飞禽、走兽、游鱼，一应俱全。尤其是父辈们都是从事烹饪工作的，他们还从上海带来了山里难得一见的虾仁干贝、海参鱼翅等海产品，并以他们高超的烹饪技艺精心做菜入席，更让一家老少大开眼界，皆大欢喜。履和堂的一大家

※ 履和堂大门

计有六小家。除夕夜各家不单独用膳，而是六只方桌一字儿排开，每家做好的菜肴摆放在这特别的餐桌上，每家所制作的一只主打菜都有一个好听的名字，如恭贺新禧、四季平安、松柏常青、万事如意、年年有余、洪福无边，尽管有的菜名取得有些牵强，但无不体现履和堂族人对美好生活的向往和对新年的祝福！那一笼笼圆圆的、做得很精致的、美味灌汤的水馅包、牛肉包端上桌来，此刻真正可称得上团圆包了。

红灯笼在堂屋梁上挂起来了！大红春联在门上张贴了！汽油灯点亮堂了！新年的爆竹声也响了！年夜饭在人们的嬉闹声中拉开了序幕，老少二三十口围着长条桌，端起自酿的米酒频频举杯互祝新年！祝爷爷奶奶健康长寿！祝伯叔兄弟们在外经商生意兴隆！祝伯母婶姑姐妹们身体健康！祝孩子们快乐成长！这一声声诚挚的祝福，伴随着美酒佳肴的醇香，把除夕宴的欢快气氛推向了高潮！

一株秧苗的前世今生

"山有一丘皆种木，野无寸土不成田"，这是明代诗人彭泽对绩溪的描述，山多地少的绩溪，自古有"七

※ 老牛与老农(洪哲举摄)

山一水一分田，一分道路和庄园"的说法，多山的地理风貌，逼仄着绩溪人的生产生活空间，只有努力做一头牛，用锄头、犁耙，在一切可能的地方，开垦出一累累梯田，种下一粒粒种子，插上一株株秧苗，然后，用徽州人独特的方式，期盼风调雨顺，生活的希望寄托在小小的秧苗上。

弱柳扶风的秧苗，撑起了绩溪一千多年的历史。

绩溪人往往聚族而居，从两晋时期开始，大量北方望族为躲避战乱南迁，定居徽州，与当地土著山越人相互融合，起初，双方必定有一个对峙过程，一方是山里的老主人，一方是远道奔波、疲惫不堪的难民，但是老主人毕竟是"山里佬"，没见过世面，没受过文化熏陶，不懂孔孟之道和君子之礼，面对饥饿难耐、衣衫褴褛却温文尔雅、文质彬彬的外来客，全然不知所措，山里人固有的自闭和自卑，让他们警惕、害怕起来，甚至发生争斗。好在时间是最好的润滑剂，多年之后，徽州这片蛮荒之地，因这些外来客的涌入，逐渐兴盛繁荣，这或许是徽州之幸，也是这片土地之幸吧。

新老主人渐成一家，但是原先的土地和庄稼越发捉襟见肘，而眼前这个地方，山连着山，山挤着山，怎么办？

一串山问，空谷回音。靠山只能吃山，勤劳的绩溪人拿起简陋的工具，一个个做起了愚公，在河畔，在山陬，开荒造田，经年累月，集腋成裘，一畦畦农田，就像一块块碧玉，镶嵌在群山之中。

水田是秧苗的舞台，舞台搭好，主角便粉墨登场了。

※ 犁

绩溪地处南方,水稻是主要的农作物,种植水稻的历史非常久远,小小的秧苗,养活了历代绩溪人。

谷雨过后,农家就要忙着打秧苗了,这是精细活,秧苗的好坏决定了一年的收成,马虎不得。选择离村近、肥力好、便于灌溉的好田当作秧田,精耕细作,撒下稻种,静待发芽。当嫩绿的秧苗尖破土而出,农民的笑意挂在脸上,荡漾着整个春天。

春雨滋润,秧苗长到半尺高,就要准备"集体移民"了。

※ 安苗节上献秧苗

移民目的地就是那山脚处、小溪旁，甚至半山腰，一块块、一层层大小不一，形态各异的水田。开秧园前，农民们必须精心打扮干净水田，给田塝理好发，为稻田洗个澡。待一切停当，便牵出喂了一个冬天的老黄牛，老农抚摸着圆圆的黄牛肚，念叨："老伙计，养兵千日用兵一时，该你上阵了。"老牛似乎听懂了，发出哞叫。老农卷起裤管，赤脚入泥，左手引缰绳，右手扶铁犁，吆喝一声，老牛便迈腿前行。老牛和老农配合很默契，老农发出不同的吆喝，老牛便做出相应的动作，或直行，或拐弯，或加速，或停歇，在声声吆喝中，犁头卷起层层的浪花。如果下着雨，细细绵绵的春雨打落在田里，溅起一圈圈涟漪，老农披着蓑衣，戴着斗笠，雨中扶犁，耕作出一片浓浓的江南特有的诗意，赛过名家的水墨丹青。

※ 汪公巡游到田间

如今，还是这片田，还是瘦瘦的老农，但老牛难觅，木犁难寻，取而代之的是机器的轰鸣，柴油的刺鼻，当看到机器的鼻孔里倾吐出黑烟，你还有兴致写诗吗？还想取出相机寻找镜头吗？

但千年未变，也是最累最难的，其实是"爪"田塍。如果说水田是一个木盆，田塍就是那一圈木板。田塍箍住满田的水，得保证不高不低不漏，高了，水满不溢，会淹没秧苗；低了，留不住足够的水；漏了，就像麻布袋，水田变成旱地。田塍弯弯曲曲，如同一条长蛇，又像挂在水田脖子上的项链，当一串串碧玉般的项链被农民们镶在山脚，看似随意的搭配，却巧夺天工，绩溪的田园也因此参差错落，极富质地和动感。老农用五指锄蚂蚁搬家似地堆砌田埂，腰板儿酸了，便撑着锄头柄放松一下，抽几口旱烟。悠长的田埂，在他的身后生长着，仿佛一条黑色的虹，即使很累很苦，老农也乐意分得拥有长田塍的稻田，因为每一道田塍就是一块好地，种上高粱、玉米、黄豆，肥着呢。

六月天，雨蒙蒙，正是插秧好时节。在绩溪，女人拔秧苗，男人插秧，站在水田里的男人，就像威风凛凛的大将军沙场点兵，秧苗从粗大的手中迅速嵌入泥里，一排排，一行行，整整齐齐，规规矩矩地立在田中，清风吹过，发出沙沙的和鸣。

徽州小脚女人站在田里，走路趔趄，容易摔跤，怎么办呢？我的外婆当年就是这样的一位小脚妇女，她曾告诉我，小脚女人拔秧苗自有门道，人坐在小凳子上，脚踩在木盆中，手敏捷地拔着密匝匝的秧苗，在水田中来回晃荡，将根部的泥块抖净，待成一把儿，随手拿根稻草打结成捆。

多年来，我总是想象着这样的一幅画面：蓝天白云下，在绿绿的成片的秧苗中，一位弱不禁风的小脚女人，穿着朴素的衣服，埋头熟练地拔秧苗，系成一捆随即抛到一边，脚下的木盆随着轻盈的动作摇摆着，膝下几个孩子在田边玩耍……如果我是画家，我一定要用最写意的水墨完成这幅作品。

当一排排秧苗立在田中，老黄牛完成了使命，老农终于可以舒口气了。种田种得苦，享个安苗福。不知何时起，绩溪人创立了安

※ 安苗节秧田祭祀——汪公看稻

苗节，苗安心就安，天下才太平。农业社会以农为本，小小的秧苗，关系着芸芸众生，关系着国泰民安，安苗节被赋予了厚重的内涵。

待村中家家户户插完秧，收秧园，村里的老人们便会聚在一起，商量如何操办安苗节。根据风水理论和阴阳学说，择黄道吉日举办安苗节，张贴安苗告示。祭祀和做安苗包、安苗粿是节日的重要内容，绩溪各地的祭祀也不尽相同，有祭祀汪公老爷的，也有祭祀谷神的，场面很壮观，祭品非常丰富，充分寄托了人们祈盼风调雨顺的心愿。岭北地区还举行汪公看稻，抬着汪公老爷在田间巡游，查看秧苗长势，按照好坏

※ 粉粿印

优劣分成等级，分别插上红黄彩旗，类似当今的检查评比。人们假借汪公大帝来激励比拼，其实是借助信仰的力量，这种无形的力量非常强大，其效果远胜当下的各种考察评选，这大概是绩溪人的狡黠和智慧吧。

我最想说，也是令人最回味的，并非那些场面隆重热闹的祭祀活动，而是那一笼笼安苗包和安苗粿。安苗节家家户户做包做粿，是绩溪山村多年

※ 寿桃粿

※ 笋馅春稞

※ 灶稞

不变的风俗。水馅包皮薄馅儿厚，呈月牙形。据说农妇做包时要捏十二个褶，代表了一年十二个月份，每个月都像水馅包一样，过得踏踏实实；也有人说，这是徽州女人对外出男人的思念，十二个月的长相思，每个褶上都浸透了女人孤独的眼泪。水馅包是绩溪的特产，南瓜、豆腐、冬瓜、黄瓜皆可入馅，每种馅儿都要蒸上几笼，刚出锅儿，热气腾腾，香气氤氲，咬一口，嘴角流出浓汤，菜馅儿和着肉末裹着面皮一股脑儿挑逗你的味蕾，舌尖上的舒坦惬意立马传遍全身，一会儿工夫，一笼包就被消灭了。

农忙结束了，该放松放松筋骨，走走亲戚，串串门子，老乡们想把一个节日过成一串节日，因此那时节，隔壁每个村子的安苗日是不同的，吃罢张村吃李村，串好东家串西家，其实吃的东西差不多，但人们还是乐此不疲，他们期盼着好日子越过越长，就像水田里的秧苗越长越高。

庄稼一枝花，全靠肥当家。绩溪山区土地贫瘠，水田的肥力不足，要想好收成，必须吃一番苦头。

头一遍苦踩田草。插秧之前，到山上采割嫩草嫩苗，铺满水田，赤脚踩进泥中，当作绿肥。小时候的我，总是被父母"赶"进田里踩草，两只小脚有节奏地踩踏，还要将田泥抹平，不露出一丝草的痕迹，半天干下来，小脚磨破了皮，走起路来一瘸一拐，却不能哭疼。

第二遍苦烧石灰。水田要撒石灰，秧苗才长得好，才能出高产，这是老农的经验，也蕴含着质朴的科学。问题是，石灰并非轻易得来，烧石灰是一件苦差事。

我至今还清晰地记得，开窑后，石灰釉石浸泡在水中，呈现出

※ 山间古窑

红黄蓝绿五彩斑斓的颜色，汩汩地冒出一串串气泡，阳光透过水面映射着彩石，晶莹剔透，非常迷人，孩子们总是喜欢捡拾这些石头玩耍，搭可爱的红房子。令我刻骨铭心的，却是挑料石。村中的料矿非常偏远，需翻越几道山梁，来回一趟足足半日。那时候我还小，只能挑几十斤重的石灰石，也跟着父母，随着大部队做起了挑山工，每家每户都有定额，几十条扁担在群山小道中徐徐蛇行，烈日烘烤着路边的茅草，一阵阵热气从草丛里往外涌，大家挥汗如雨。我的肩膀磨出了血印，小腿儿发胀，腰板直不起来，但咬紧牙关，必须坚持。在窑口的空地上，每一户垒起了一座料石山，做上标记，山的大小高低每天都在变化，谁都不想落后。

料石入窑，是一门技术活，村中的能手把关，如同砌拱桥一般，将石块卷起来，层层上移，中留孔眼，上覆黄土。一切就绪，起火烧窑。烧窑的柴火也是各家分摊，一捆捆茅柴堆起几座山，围拢着石灰窑。烧窑又苦又累，窑火七昼夜不得停歇，无奈只得困对窑火不能眠，独听蛙鸣伴火声。红彤彤的旺火，在窑口中激情跳跃，照亮了田野沉寂的夜晚。

烧窑苦，但也乐。在窑口附近搭一座茅舍，随意地铺上几条被子，轮班的人在此睡觉，鼾声、欢笑声、逗乐声、火焰的噼里啪啦声，声声入耳。一双大手敏捷地将一捆茅柴叉进窑中，窑灰和炭火跌落在灶下，这里是烤山芋、烤红薯、烤花生的好地方，暖暖的灶膛成了美食的天堂，大家吃着红薯，嗑着花生，咪上几口小酒，唱几段小曲，夜晚的孤独、烧窑的苦闷随着茅柴一道化作了青烟。

等到料石变色，青烟升腾，就要开窑取石了，一块块青色的料石，经过烈火的炙烤，蜕变为粉白的石灰，火焰的力量是无穷的。农民还需将此时的生石灰变成熟石灰，才能撒入水田。用不完的石灰，怎么处置呢？人们就在农田空地搭建起一座座茅草屋，俗称"灰舍"，茅屋通常是类似金字塔的三角形结构，大小能坐三五人，平日里堆放着石灰，也是避雨躲荫的好去处，虽然没有门和锁，也无人看管，但从来没有发生过丢石灰的事情，民风淳朴可见一斑。

四

江南的云雾笼罩着田野，一座座茅屋若隐若现，浓密的秧苗随风摇曳，送来稻花的清香，绩溪的稻田是山野的一幅画，泥土的一首诗，老农就是那位饱经沧桑的画家和诗人。

为田园送来一股股清泉的，还有一座座别致的水车。

※龙骨水车

绩溪的水车不同于别处的车形，而是一个大轮子矗立在田头，显得非常突兀，像一条龙在草地爬行，名曰龙骨水车。这种水车外部是一条又长又宽的木枧，枧内密布着许多活动木片，一条木头链子串起来，人坐在凳子上脚踩踏板，低处的河水便顺着木片引向了高处。还有手摇式的，非常轻便，如果发生干旱，扛起水车便能引水灌田。水车，改变了水往低处流的自然规律，在那个没有抽水机的年代，为秧苗解决了饥渴，带来了甘露。

秋天，田野一派金黄，沉重的稻穗亲昵着土地，农民的眼里看到了丰收的光景。男人扛起板屋，女人拿起镰刀，孩子们尾随其后，向稻田开进。一棵棵水稻，在锐利的刀风下，应声倒入女人的怀中，

※石舀

一堆堆、一摞摞，有顺序地朝着板屋排列，男人弯身抱起稻禾，随即挺起腰杆，举过头顶，将满把的稻穗重重地摔在板屋中，一粒粒稻谷如同得到军令，齐刷刷奔向板屋里，反复多次，直到稻谷抖净，才将稻禾丢到一旁。半晌，板屋满了，男人便拿起竹筛子，顺风筛谷，碎叶儿随风而逝，干净的稻谷装入了麻布袋或五斗竹篓中，在

竹簟上晒几个日头，便可以归仓了。
孩子们则捡拾稻穗，抑或很淘气地坐
在板屋腿上骑行，或在稻草堆里捉迷
藏，在空旷的稻田中疯跑追逐，这时
候，大人是不管他们的，孩子的野，
不正是丰收喜悦的最好表达吗？

※晒簟、板车

板屋其实是一个无盖的大木箱，
人们在四边侧板上书写着"颗粒归
仓""风调雨顺"之类的吉语，记得我家的板屋写的是"堆金积玉"，
小时候不懂，还真以为箱子里装满了金玉宝石呢。这种板屋很便捷，
晚上就立在稻田里，随意盖上几把稻草，第二天照旧使用，结实得很。
今天的稻田里，已然看不到板屋的身影了，脚踩的和烧油的打稻机
成为主角，速度和效率成倍增长，但总感觉缺少了一些诗意和田园
的乐趣，现代化的农业生产加快了步伐，却慢待了心灵。

五

那时候收割稻是板屋，舂米则是水碓。绩溪的每一
个村子都有水碓，站在水碓房前，你不得不佩服古人的
智慧，巧妙地利用水的冲力和木头的精巧布局，竟然带

※ 作者家乡残存的水碓房

动整座水碓犹如一台硕大的机器，将一粒粒金黄的稻谷，碾成雪白的米粒。

※ 水碓中石碓缶和长长的木碓

时过境迁，水碓房大多破败，有的已经杳无踪迹，消失在岁月长河中了，透过故乡仅存的几座水碓，抚摸着石碓缶和长长的木碓，仿佛看到了母亲舂米的情景。

水碓房一般建在村头河水的上游，一座拦水坝形成一个积水潭，引一条水渠直通水碓，拦水坝上设有简易的木水闸，用来调节水位。河水通过水渠直接冲到巨大的木轮上，木轮随之转动，带动整个木轴旋转，轴上安装的木槌不断敲打着高大的木碓，木碓有节奏地"点头哈腰"，每点一次头，"铁榔头"就击打一次碓缸，很有蛮力，缸中的稻谷终于经不住捶打，一个个脱胎换骨，经木风扇扇吹干净，白花花的稻米，哗哗地流进农家的仓里、锅里，最后到农民的肚子里。

水碓是集体共有，每家轮班，维修费用也是大家分摊。一个村庄几十户，往往数月才轮到一次，此时，人们恨不能拉长时间，加大水力，让水碓快一些，多舂一点米，多打几斤面，让一家老小安心一段时日。水碓交换班，大多在半夜时分，小时候，我经常手持马灯或吹花管（向日葵秆浸泡抽芯后晒干，特别易燃）、篾竹火在前引路，母亲挑着稻谷紧随其后，沿着小溪旁的村道，来到村口的水碓房接班舂米，山里的夜非常沉寂，晚风吹拂着火把，发出嘶嘶鸣叫，整个村庄淹没在夜色当中，只有水碓房里飘出的点点微光，晃动着山村的希冀。

※ 木制风扇

※ 石磨

※ 作者小时候睡过的水碓房锣仓

　　我最喜欢和母亲去水碓房了，一切都显得那么稀奇。水流冲下来，怎么就能带动大轮子旋转呢？木碓怎么就一个劲儿地磕头呢？金黄的稻谷怎么就变成了白米了呢？还有，木轴子怎么就带着石磨转起来了呢？打面木锣不断撞击锣仓，白面咋就哗哗地洒下来了呢？母亲一个晚上始终坐在碓缶旁，不停地和着稻谷，这可是件危险活儿，一不小心，木碓就会砸在身上，村里的胡奶奶就是因为舂米，舂掉了半副牙齿，受苦一辈子。

　　我自然远离碓缶，喜欢站上锣仓，脚踩木锣，左右摇摆，发出咚咚的撞击声，水碓声声传向幽深的山谷，或者使劲儿转动风车，把脸儿贴在风车口，任风吹打着小脸，眼睛眯成了一条缝，或者爬上磨台，指挥着一个个木头小兵……累了，困了，索性爬进锣仓，仓里面像极了一张床，舒服地躺在仓底，做一个有趣的梦。

母亲是没办法睡觉，更没法做梦的，舂米的水碓磕头不止，母亲只能珍惜有限的时间，整夜守住碓房，守住全家的口粮，渠里的流水和昏暗的马灯始终陪伴着她。

绩溪人多地少，土地贫瘠，出产不高，粮食相当精贵，主妇总是巧为少米之炊，变着花样地吃，节俭成了一种习惯。山村地狭，房屋脸贴脸，巷道窄小，每一个村子总有几处热闹的地方，成为"驮饭碗"闹家常的好去处。农村人没有随手关门的意识，谁家做好吃的，不必打招呼，也无须客套，左邻右舍大大方方地蹭吃蹭喝，主人也没把他们当客人，自取自便，一切显得如此随意自然，毫不造作。谁家来贵客了，自然少不了邻居的陪吃陪喝，就当是自家的客人。平时吃饭，喜欢串门子，俗称"驮饭碗"，饭菜互通有无，随便品尝，不担心你的口水玷污了他的饭菜，他的筷头弄脏了你的饭碗，谁家挖出了几根冬笋，逮到了一只野兔，自然喊遍全村，上家里吃新鲜，如果哪家宰猪杀牛，盛况更是了得，吃"猪散伙""牛散伙""牛蹄鞋"不亦乐乎。许多农村人即使进了城，也改不了这个习惯，对整日里大门紧闭，躲进小楼成一统的城市生活，格格不入。农村人开大门，心也随之开了；城里人，随手关门，也关住了人心，把自己锁在了所谓独立的空间里了，鸡犬相闻，却老死不相往来。

秧苗的故事还在延续，它将以另外一种方式讲述。

当秧苗变成了稻草，除了作为农家肥和猪牛的暖窝，还能温暖农村人的脚窝。

绩溪民间流传着这样一组民谣：

草鞋四根筋，到老献终身。草鞋勤翻边，经着好多天。

冻来真不行，草补脚，壳袜笼。

冬天赤脚穿草鞋，冻来没得谈。

七月龙须八月芒，九月十月切葛藤。

草鞋越要好，葛藤丝夹糯谷草。

龙须绳顺搓反搓，没米下锅。

……

这些民谣是农民对草鞋的表白，也是对草鞋岁月的戏谑，乐观、豁达。草鞋，是秧苗的另一次转身。

宋代儒者汪信民说："人能咬得菜根，则百事可做。"绩溪人不仅能够咬得菜根,而且能穿得草鞋,我觉得这样的绩溪人百事可做,且百路可走,不管生活多么艰辛,道路如何崎岖,穿着草鞋走遍天下。

做草鞋大多是妇女的活计,许多村庄还以草鞋为营生,男人负责肩挑手提翻山越岭叫卖,一直卖到宁国、宣城、广德一带,也有卖到浙江昌化、杭州的,脚上的草鞋磨破了,翻个边,继续穿,反正是要空担子回家的,全家都指望着这点收益呢。

草鞋筋是用龙须草搓成的,这种草只生长在悬崖峭壁或者石缝中,看上去特别像石头老人的胡须,听父母说,他们经常远赴荆州松烟堂一带的深山里采割,一天能收获几十斤,但是攀爬峭壁非常危险,必须小心翼翼,否则后果不堪设想,隔壁村的一个老亲戚在一次跋涉途中不慎摔死了,年纪轻轻,留下孤儿寡母,令人唏嘘不已。

※ 草鞋

草鞋是农民用心血和苦水制成的。精选上好的糯谷稻草,

※ 草鞋耙

剪除杂叶，仅留稻草芯，在水碓房中专门的蕨碓（一种粗木碓）上春平，或者用木槌捶软，像狮毛一般，"草鞋越要牢，草穰捶成跳狮毛"。

草鞋耙将稻草和龙须草纠缠，与葛藤相牵，女人的手是那股勤的红娘。记得小时候，在煤油灯晃动的灯影下，我和姐妹们一起搓着龙须绳，起好了绳头，压在屁股下，侧坐着顺搓反搓，手心儿麻了，滑了，红了，索性冲它吐几口唾沫，接着搓，绳子慢慢变长，就像屁股上长出了一条细细的长尾巴。母亲坐在草鞋耙前，这是一种编鞋的木作，非常精巧，母亲的双手熟练地来回舞动，将稻草、龙须绳、葛藤巧妙组合，半个钟头光景，草鞋诞生了，母亲一个晚上要做好几双，半夜三更才能收工，只有微弱的灯光陪伴着她，月色苍茫，山村的夜里透出的那点微光，点亮了生活的希望。

光脚穿草鞋，走遍绩水徽山，一双草鞋，冷暖人生。绩溪人穿着它，上山下地，走村串巷，八分钱一双的草鞋，走出一百分的精彩。今天，农家的草鞋已经绝迹，干活穿胶鞋，出门皮鞋锃亮，双脚再也不用遭罪受累，但是，脚舒服了，难免"生于忧患死于安乐"，难免窝在温柔乡里自我陶醉，人也就"娇贵"了。如今的草鞋已经变着花样，涂脂抹粉，洋气十足，俨然成了城里人的新宠，草鞋从农民的脚上飞身到了城市的精品柜里，这还是当年的草鞋吗？早已不穿草鞋的绩溪人，还能走出当年的底气和豪迈吗？

除了暖脚窝，稻草还能温暖我们的身子。冬天到了，天气渐渐转寒，单薄的床铺棉被会冻着孩子的，母亲会整理出稻草，在阳光下暴晒，铺在床铺底下。稻草是有温度的，也很温情，睡在草垫上就像窝进母亲的怀抱，安然入梦，甜美温馨。田野中、小路旁那一垛垛稻草堆如同一张温柔的床，干活累了，困了，倒头便睡，任阳光打在身上，把身躯交给自然。

有人说，稻草儿的价值不在本身，看它和谁绑定在一起，如果用来系白菜，就是白菜价儿，用来系大闸蟹，就是大闸蟹价儿，稻草还是那棵稻草，命运却不可同日而语了。

当稻草邂逅木榨油，将会诉说一个怎样的故事呢？它的命运又将如何？

稻子收割入仓以后，老农忙着种油菜了，水田变身旱地，开畦挖沟，撒下油菜种子，待春风吹绿，田野的油菜花儿一片金黄，夏阳催促，滚圆的油菜籽儿破壳而出。榨油坊也该忙碌了，将油水从菜籽里榨出来，是件力气活，尽显农家男人的本色。

屋顶明瓦透进几缕阳光，打在男人的光膀上，黝黑结实的肌肉随着猛烈的撞击动作，伴着声穿屋瓦的号子，有节律地抖动着，汗珠儿爬满了男人的额头，顺着脸颊腰背滴落在地上，沿着榨锤摇摆的路线流成了一道弧。榨楔慢慢地凿进榨床，铁箍圈成的一个个油菜籽饼儿被挤压得透不过气来，一肚子的油水只得悉数渗出，一滴滴清纯清香的菜油汇成一股清泉，从榨床口中汩汩流出，流到各家各户的灶头上、铁锅里。

包裹油菜籽饼的，就是质朴的稻草，在完成使命之后，稻草连同干瘪的菜籽残渣一起，成为饲料或者肥料，又一番命运的轮回，稻草并没有因傍上"油大款"而改变草根命运，对于木榨油来说，

※ 作者体验木榨油

它只是一个过客，当我们在品尝美味佳肴时，会想起那棵不起眼的稻草吗？如今，木榨油逐渐远离了我们的生活，稻草也"难续前缘"了，但回想起这段经历，稻草扮演的角色不正是我们曾经或正在扮演的吗？

九 绩溪是蚕桑之乡，历史上遍种桑树，采桑养蚕成为农家的重要副业。桑海翻绿浪，蚕儿要上山，打蚕山离不开稻草，是稻草和麦秆的联姻，编织了一座山，春蚕爬上这座山，吐丝结茧，破茧成蝶。

※ 绩溪老缫丝厂厂舍

　　这哪是山啊？或许对于小小的蚕来说，这就是一座高山，需要用全部的心力，甚至生命来攀登，实现蜕变。说是蚕山，也许是绩溪人的幽默，但我更愿意相信是绩溪人的诗意和睿智。他们看到自己养大的蚕，一步步爬上山顶，走向生命的终点，不是作茧自缚，是为了生命的涅槃，飞蝶破茧而出，走向新生，爬山是通向新生的神圣之旅，充满了仪式感，面对家蚕，他们想到了自己，被群山包围，每天爬山跋涉，希冀着有一天也能像蚕儿一样，飞跃大山拥抱新生。

　　稻草结绳缠麦秆，一圈圈堆起了蚕山。农家少闲月，五月麦收忙，风卷麦浪千万重，足蒸暑土气，背灼炎天光。刘麦是苦活，麦芒刺人，

※ 湖村的秋千台阁从稻草垛旁走过

倘若麦田不幸被野猪光顾，麦秆东倒西歪，邋遢一片，手持镰刀空自叹。但是小孩子是不管这些的，在田野里他们总有无穷的乐趣，特别是刀削麦秆，划出一道缝，做成哨子，吹奏出空灵的旷野之音，哨音在梯田此起彼伏，和着鸟啾蛙鸣，简直就是天籁交响。

深冬时节，嫩绿的麦苗使劲地探出地面，白雪覆其上，田野一片沉寂。空旷宁静的原野下面，隐藏着巨大神奇的生命力量，怎能如此甘于寂寞？在这生命的旷野中，应该燃烧着火一般的热情，奔放着浪涛一般的活力。

猫冬的人们，把目光瞄向了那片田野，内心的冲动推搡着他们，一个个跑向梯田，几十人，上百人，全村都出动了。不知从何时起，放飏灯成了冬天田野里最热闹、最刺激、最狂野的集体活动，大家自发凑份子，置材料，做飏灯，大灯带小灯，母灯携子灯，越串越长，战线绵延数里，上村五十盏，下村六十盏，东村头灯十尺围，西村定要十一尺。放灯这天，田野里一片繁忙，麦苗也伸长脑袋张望，母灯足有小房子般大，几十人捧

※ 草龙静卧祠堂内

※ 古戏台前盘草龙

扶，芯火越烧越旺，飏灯慢慢鼓胀起来，逐渐升腾，引领着一众小灯，脱离土地，飞向天空。一串火焰在空中燃烧，照亮了山村的傍晚，也映红了人们的脸，大家朝着飏灯飞跃的方向，追逐奔跑，嬉笑打闹，好不快活！

放飏灯，放掉农事的沧桑，放飞农家的快乐，放逐农民的梦想。如今的田野里，已经难寻飏灯的踪影，是我们不再需要放逐自己？还是对这片土地缺少当年的激情和浪漫？

但是，稻草的情怀从来没有消淡。草龙舞，舞动的就是稻草的魂灵和气韵。丰收岁月，扎几条草龙，大人舞长龙，小孩舞小龙，在村里的空地上群龙欢舞，双龙对舞，或游龙出水，或腾云飞雾，或群龙戏珠，一个个后生脚底生风，翻转腾挪，轻盈飘逸，稻草编成的草炮甩地时发出的巨响，在村中久久回荡，锣鼓喧天，唢呐高奏，笑意写在每个人的脸上，幸福荡漾在田野的上空。

每年中秋、春节，许多村庄草龙翩跹，庆丰收的歌谣传唱不衰，舞龙队穿行在村道阡陌，家家户户开门迎接龙神，拜龙插香，为全

※ 扎草炮

家许一个美好的愿望，全村走遍，草龙俨然化身火龙，满身的香火飞舞，场面非常壮观，香火越旺，日子就越红火，就像漫山的映山红，渲染了整个春天。

十

穿过历史的风雨，秧苗的故事仍在继续，那双播种秧苗的手，以蓝天白云为帷幕，以贫田瘠地为舞台，以徽山绩水为衬景，演绎了千年风情千

※ 耕田老农

※一头老牛走过龙川村水街

载沧桑。这双手已经非常苍老，老茧横生，老气横秋，但就是他们仍在田野里孤独地书写着秧苗的新故事。古老的村庄渐渐褪色，农桑之事也逐渐少人问津，年轻的后生再也不愿讲述秧苗的过往和新生，他们更乐意走出大山，远离秧苗，融入城市的怀抱，这似乎是一种必然，也是秧苗的宿命，但无论如何，总有一些人，是为家乡的土地而生，为山村的梦想而来，他们就是秧苗故事的新主人……

歌谣里的乡愁

　　曲之种子，要落到好词的土壤中才能生根发芽。游子在外，只有遥望故土或面对老乡之时，乡愁心曲才会一吐为快。

　　收《我的徽州我的家》一歌的词，当时也没很在意。那时我正忙于手头一篇关于"非遗"方面的非文学类文稿。待几天之后闲空下来，打开网邮细看过，不由地直点头，词还真的不错。内容写乡愁的，词句浅近却也情真意切；结构较为单一，没有曲径通幽般的故意。又不似往常我们见习的那些"乡愁"作品太过于苦情。细一琢磨全词，还真哂出了乡愁之味，这就很难得。如今的歌迷都很挑剔的，一见做作的、矫情的歌曲，那是相当嗤之以鼻。

　　就在那一刹那，乡魂附体，我意已定：谱。

　　很久之后回想，当时的我怎么就那么爽快、那么不假思索、那样地什么条件都没有谈就答应下来了？我和词作家江志伟、歌手操明花，自然也是合作过多次的，但这一次全然不是看在老朋友面子上，被圈内人戏谑为"一头沉，一根筋"的我纯粹是被歌词之魂——乡情乡韵乡愁所俘获，坠入了词的美丽陷阱而不能自拔。一头沉，沉入阱底；一根筋，搭在"乡愁"之上。追根溯源，乡愁作祟。

操明花：我的徽州我的家

操明花，早先是歙县一家徽墨厂的描金工。曾经的老北漂。又是徽州民歌的省级传承人，现在的京城著名民歌演唱家。

※ 操明花民歌专辑

三年前的一日，操女士从北京挂来长途电话，足足通了一个多小时，主要是她讲，我听。

她说，一直有个心愿，要做一支专门为自己量身定制的原创歌曲，唱徽州、唱家乡的。这么多年在外，虽说也常回徽州，为传承徽州民歌做一些普及活动，因此每年都要安排一二次回故乡的行程，为高校，为中小学甚至幼儿园小朋友开设传统民歌讲习所、学习班，并开一二次师生演唱会。然而一年中，大多数时间总在北京或外地演出。离故土愈久，思乡之情就愈浓，这当然也是和多数旅外人士一样的心境本也

※ 徽州民歌演唱家操明花

不必多说，要命的是，她是一个歌手，而且又是一个民歌手。每当在外演出，主持人或观众总免不了要点上几支或老或新的民歌。大凡歌迷都熟知，民歌当中，绝大多数与"家乡美""故乡情"有关，所以她一上场，总是忘我地投入到规定情境当中去，经她演绎的各地民歌，常常获得观众满场喝彩。而回到后台，操明花的情绪又一下子跌落到谷底：除了在外地舞台上偶尔也点缀一首传统的徽州民歌如《十绣鞋》《探妹》《十二月花名》等，为什么就没有一首专属自己、又面向徽州的新民歌呢？

尤其是近年来，当80后的女儿也做了歌手，虽然还属于"小荷才露尖尖角"，却也渐显锋芒不可小觑，这更让60后的母亲心绪复杂了，一方面为女儿走与自己"同道"而高兴，又为自己何时才拥

有一支为听众，尤其是家乡听众的"心曲"而感到焦虑和不安。老乡找老乡？情急之下，眼前一亮，她很快找到黄山市作协副主席、知名词作家江志伟，一番如此这般之后，词作家与歌手倒是很快地一拍即合。曲作者呢？请晶夫操刀。操明花不管三七二十一，先斩后奏。电话中操女士向我言明并致歉，说当时完全是趁热打铁，力稳词作家的允诺而夺口而出的。我说致什么歉呢，这不也是抬举我嘛！

此时的我与江的词还未谋面，心中当然还"没谱"。

没过多久，携新鲜出炉的《我的徽州我的家》，操明花先是应家乡歙县之邀，接着又受黄山市之邀，前往演出。几场下来，几近轰动，那情那景那气场，的确感染了很多观众，不仅仅是老年人感动，年轻人、小学生也深深地被乡情、乡韵的歌声感染了。接下来电台采访、电视、网络播放。直到此时，游子操明花、歌手操明花才深深地舒出一口气。

我是第一时间收到歌手快递过来的DVD碟片的。作为曲作者，我当然很乐意与您共赏——

※仁里民歌《十绣鞋》走上央视舞台

《我的徽州我的家》，一支短笛轻而缓地流出一段极简单而又绵长的前奏。一个小女孩上场，甜甜的童谣天使般地粘上旋律：徽水情，徽山美，我的徽州我的家；徽骆驼，徽文化，代代薪传千万家……[童谣反复，渐渐远去]一小节的间奏过渡，操女士温婉地亮出歌喉：

徽水情，徽山美，粉墙黛瓦我的家。牌坊引路石板铺，马头墙上梦开花、梦开花。[古徽风貌一一地在背景上闪过]

徽骆驼，徽文化，代代薪传千万家。妈妈口授传家宝，民歌徽州"唱哈哈"、"唱哈哈"。["非遗"哈哈腔，是徽州民歌的显著特色之一，是歌手操明花母亲给她的"嫡传"，成为她专属的"葵花宝典"而保留下来。之后她又传给了在上海做歌手的女儿操洁春了。]

[这时，承上启下的一个动态间奏过去，节奏型又转为快速，带起高潮部分]

沿着小路，走向天涯，外面风光终究不如家。炊烟袅袅，夜夜入梦乡，妈妈在喊——回家、回家……

梦萦徽山，春秋冬夏，热恋徽水，真情永不假。千言万语，万语千言，我的徽州我的徽州——好家、好家……

[童谣复出，又渐行渐远……]

这张 DVD 的形成，词作家江志伟有功，歌手操女士有功，当地政府及有关部门重视地方文化有功；而我作曲则不费吹灰之力，一气呵成；究其原因，并非凭才气，只是我贴近了两元素：乡土之魂＋乡土之恋。我也算得一游子啊，虽然我游出故乡并没有操女士那么远。

哈哈，我"巧实力了"吗？——真个没心没肺的死鬼！倘若母亲健在的话，肯定会这么"嗔"她儿子一句。

艺术这幽魂，往往就是如此古灵精怪。常常，我们一些所谓"呕心沥血"出来的作品，群众就是不买你的账，这也是无可奈何的事。究其原因，只凭纯技巧，缺乏真血肉，只是挤出而不是流出，是为一解吧。

胡适：最忆兰花是故乡

"我从山中来，带着兰花草……" 20 世纪 80 年代前后，一首台湾校园歌曲《兰花草》风靡中国内地和港澳台地区，一时成为大众流行曲，影响巨大。于当时，几乎家喻户晓；于当下，仍为许多

人耳熟能详。

其实《兰花草》就是根据胡适先生1921年在日记中写下的一首白话短诗《希望》稍加改写而成的。现如今一些媒体，主要是电媒上很多文章（更多是转帖）谈到《兰花草》的前身《希望》时，总免不了要"阐发"一下胡适写该诗所谓的意图、意义，论者往往将其与时政背景挂上钩，与胡适崇尚"美式自由主义"挂上钩，似乎非此般言说，不足以显示论者之深度、高度，真真正正地过度解读，人云亦云了。实质上，当时写《希望》的胡适，心机根本就没那么复杂，他是完完全全睹物思情、有感而发，由兰花草引发出的乡忆、乡愁、乡情。

胡适独钟兰花，与故乡绩溪上庄大有关系。

作为胡适的同乡、后学，我有幸供职于绩溪的文化部门几十年，

※ 胡适故居（绩溪上庄）里的兰花板

忆不起去过上庄多少次了。很多旅人去上庄，胡适故居是首选——当然现在已成国保单位了，也许一些人会与我一样，对故居正屋里以兰花图案为主体内容的雕花窗栏板颇感兴趣。您一见两卧室的窗栏板以及两厢房落地门上的那些木雕上，一色的兰草图案却千姿百态，栩栩如生，您会生出雕刻精致、技艺超群、很惹人眼球之感叹。有趣的是，有一块雕花板上刻有一诗云：珍重韶华惜寸阴，入山仔细为寻君。兰花岂肯依人媚，何幸今朝遇赏音。您瞧，无名氏之诗，多好的诗，置于此，又是多妙的诗广告啊！雕刻之诗，既凸显出兰之性格，又给了观者一顶既能赏兰又能识兰之雕艺的双层知音"高帽"。

一打探，果不其然，兰花图案的雕艺便是出自被誉为墨模雕刻大师胡国宾之手。1897 年秋，胡适故居落成，兰花雕板计 10 块，格调清新高雅，有中国传统文人画之韵味，堪称臻美之作。一时间成为这座典型的徽派民居中精致且绝妙的亮眼细节。

由此自然地让人联想并称道的是：青山环抱绿水低洄中的上庄村，周边缓缓山坡上，到处都有野生兰花草的蓬勃存在。每逢春季，山风徐来，幽幽兰香拂面，让乡人沉醉其中，好不怡然自得。

就这样，少年胡适，在兰之故乡读了九年书，熏着兰香，带着兰忆，走出山外，去大都市求学深造。

《希望》最早出现在胡适 1921 年的日记中是这样的：

我从山中来，带着兰花草。种在小园中，希望开花好。一日望三回，望得花时过。急坏看花人，苞也无一个。眼见秋天到，移花供在家，明年春风回，祝汝满盆花！

写作《希望》缘起于当年在北平，胡适去西山访友时，获友人熊秉三夫妇所赠的一盆兰花草。北平的气候明显要比处于皖南青山绿水中的上庄冷得多，所以尽管主人悉心呵护，此盆兰花草直到秋天也没有开花。无奈之下，胡适将其移居室内暖着，希望来年春分到，如期花开。睹物思乡情，遥望南之故乡，念着四周山坡上幽香四溢的兰花氛围及念着老家屋内那些精美兰花雕板，胡适信手提笔，诗由心而生，乡情乡韵乡愁便自然地融入《希望》之中了。

多少年过去，胡适在台湾完全没有"希望"到：回到上庄、回到一直思念的故乡；终于在 1962 年，上庄成了胡适一生再也"回不去的故乡"之绝版思念！出乎乡人意料的是，故乡上庄，因为《希望》，更因为后来者《兰花草》一歌的广泛流行，从而让更多更广的普通海外华人也记住了胡适、记住了上庄。

也颇具意味的是，三年前，为"美丽乡村建设"，应上庄镇政府之约，同乡词作家王明亮与曲作者我合作的一首原创歌曲《上庄：飘香的画》由歌唱家张磊、刘冬梅录制成 DVD 唱片，一亮相即成为乡人百姓的至爱，又很快以音频、视频的形态出现在电视上、网络上蔓延开去，更成了乡镇大妈们广场舞中的主打歌曲。时代不同了，乡情乡韵依然，且看——

二重唱《上庄：飘香的画》［引子。女声领］：飘香的一幅画，我在画中央，飘香的一幅画，我在画之上……［男］：打开一幅画，画里飘兰香，清清的常溪水，流过我心房。［女］：梦里一幅画，画里飘茶香，啊传说的茶庄里，［合］：走来了——"时雨姑娘"。［女］：打开一幅画，画里飘墨香，百年老字号，伴着徽韵长。［男］：情醉一幅画，画里稻花香，啊长长的石板路，［合］：牵着那——幸福时光。

［高潮起——］［合］：飘香的一幅画，［女］：我在画中央，我寻找你的芬芳；［合］：飘香的一幅画，［女］：我在画中央，［男］：我寻着你的芬芳，就找到了，［合］：亲亲亲亲的故乡。［合］飘香的一幅画，［女］：我在画之上，我追着你的迷香；［合］：飘香的一幅画；［女］：我在画之上，［男］：我追着你的迷香，就爱上了，［合］：和谐幸福的地方。

这里，飘香的，已经泛化了：故乡兰、时雨茶、新徽墨、稻花香——化为新新城里人的乡村情感载体。而正是这兰之香、故乡兰之香，跨越了时空，成了维系城乡与古今的情感纽带，兰之忆、乡之魂，全属兰之香所系啊！

忽又想到，史往今来，写兰、咏兰者，何其多也。而我偏爱的则有明人陈汝言的《兰》诗。您看——

兰生深山中，馥馥吐幽香。偶为世人赏，移之置高堂。雨露失天时，把株离本乡。虽承爱护力，长养非其方。冬寒霜雪零，绿叶恐雕伤。何如在林壑，时至还自芳。

呵呵！历经数百载的时光之河从明朝流过来，改变了多少空间的物象和色彩？唯有文人如陈汝言与胡适，关于"兰"的心境与情感是如此的相近、相融、相知！真乃文人亦所见略同也。看看胡适的《希望》，再看看陈汝言的《兰》吧，您不也觉出乡土之兰的幽香宜人、异乡之兰的生存之困，同样地让两个隔空数百年的文人，有着一样的美好情怀？

胡广州：蚕上山啰

2004年初夏，应央视《民歌·中国》栏目组之邀，我率绩溪俩草根歌手赴京，第一次走进星光演播厅。

主持人金毅：这里是民歌的海洋，这里生长、发展着民歌文化；

这里传承着民歌精神。周一至周六每晚的 22 点 32 分，我们共同感受民歌、民情、民风。今天的民歌故事、民歌议题，让我们造访安徽，共同感受安徽皖南民歌的无穷魅力。

——摘自央视《民歌·中国》栏目主持人语

我是前往做访谈嘉宾的。本次共录制三个版块。之一：歌手与乐队，录制民歌演唱现场版。之二：我从作曲家角度谈安徽民歌，侧重于皖南（徽州）民歌；吴琼从戏曲家角度谈安徽民歌；雪涅从作家角度谈安徽民歌。这一版块与本文关涉不大，且按下不表。之三：此行主体，作为挖掘、整理、改编绩溪传统民歌的本土作曲家，我这次携《月亮起山一盏灯》《四季歌》等五首早先被央视认可的当

※ 蚕姑组合《月亮起山一盏灯》参加全省比赛

地民歌，与演唱该作品的两位年轻的本土歌手周善花、邵斌一道，
以漫谈方式与主持人互动，边聊边即兴演示每首作品，（正式播映
时则将先行录制的另一歌手＋乐队的版块分作品辑入访谈之间，以
增加节目的立体化、多样化、灵活性、对比性之效果）。正当录制
进行时，谈兴正浓的我们渐入佳境，意外发生了——

　　录制现场突然闯进一位不速之客，一位中等身材瘦瘦的男青年。
录制中止。主持人急忙站起来上前去，握手，莫名其妙地连连说，
你好、你好。

　　我们全都呆若木鸡。好久之后才明白过来——一场虚惊！原来
2004 年那光景，还几乎没有过像如今电视综艺节目比比皆是的、幕
后编导的"故意安插"啊。

　　老乡胡广州就以这样的方式
进入我们的视野。他是新北漂，
好几年了，现在文化部下面一家
文化演艺公司打工。原来，他师
范学校毕业后，分在绩溪荆州小
学当教师，每天除了上课，早上
晚上都站在村边山坡上练唱。不
久考入安师大音乐系，学了四年，

※ 绩溪荆州乡下村境村水碓水车

※ 磡头古村鼓响老鼓

毕业后在校友老乡的怂恿下，一腔热血来京闯荡。

他寻"声"而来。他的老乡校友现在央视农业频道打工，电视台的动态资讯均由他提供。背后如何运作这儿不开扯了。反正，编导让老乡之间"突兀地"相见，我以为那是造势而已；我们并没有"老乡见老乡，两眼泪汪汪"那落套的效果出现。我俩莫名地对视一下，略略点头示意，我还算乖巧，走上前去给他来一个熊抱。僵局立马变活局。

主摄像极活络的，适时开机，主持人马上入戏——

胡广州毕竟在京见过一些世面，也还算顺利地按幕后编导意图，自然地表达着。

他说，离开家乡久了，才真正觉出什么叫离愁别绪，什么叫乡情之重，什么叫乡愁之苦。他一天到晚协调安排歌手、舞者，对外联络，演出，忙得团团转，有时连午饭都顾不上吃。自个都没工夫练歌了。演唱上，他还排不上号，算不上出色；但也有运气之时，某场，某位歌手变故或误点了，他能客串，能救场一下，这样，常常也很讨老板喜欢。

就唱一支土得掉渣的绩溪荆州山歌吧。主持人点点头，示意他可以用本地方言唱，反正开播时要打字幕的。胡广州突然站起仿佛变了一个人，大吼一声：

蚕——上——山——啰……

（唱）蚕宝宝哎，上山啰！蚕宝宝哎，吐丝啰……蚕宝宝哎，结茧啰！养蚕女像笑开花啰……（反复，从头反复……）

最后一句仍是大吼一声：蚕——上——山——啰……

噢……他就那样一遍又一遍地喊着、唱着、唱着、喊着，就这么几句极简单明了的土语山歌。没有伴奏，反复地，孤零零地、本色地、忘我地。

真不知怎的，我们全懵了。不知如何反应才合乎时宜？你说好听么？也没什么好听的。可他——就是那么忘情地、如入无人之境地在喊唱，喊着乡音，乡情——这不是在表演，真正地用心用肺在喊，

※ 砩头古村一角

他喊的是情绪啊，诉的是五味杂陈的乡土风情吧，混合着对家乡种种的、说不清道不明的情感。如果他是站在故乡的山坡上如此地喊唱，我看一点也不稀罕；要命的是，现在他站在央视的演播厅台上……

奇怪？编导也没喊停，我瞥了一眼主持人，只见他一脸严肃，也看不出啥表情。反正，他也没有了节目一上来那样的谈笑风生了。

直觉告诉我，广州有心事。虽然他扯着高音在吼、在嘶、在唱，隐隐地含了一丝伤感在其中？我不置可否地摇摇头。

一声停！好，皆停。半天大家才缓过神来。主持人说，好好，不错，不错。楼上传来对讲机的声音，是编导那低沉的京腔：很好。

真的让人挺感动的，周善花轻轻地附在我耳畔对我讲。我又瞧瞧邵斌，用眼神问他，邵斌很灵活的，啊，好，他是用心在唱，而我……他直摇头。

不说了，那天"收工"后，我一直情绪有些低落，六神无主。按说你胡广州，嗓音条件也算不上好到哪去，性格也不太开朗，台下一副郁郁寡欢的样子，怎么一上台就凭那样撕心裂肺地一喊，竟感动了大家？仅仅是因为"原生态"？原生态就有那么大的魅力吗？

看来得检讨自个儿了。我常得意自己的作曲实力，以为曾经多么刻苦地打下坚实的作曲技艺、技能，让一般爱乐人不敢小觑；有时写不好作品却孤芳自赏还埋怨别人不识货。看看人家，怎么唱才是关键！就那么几句老土的山歌之词，极简单的旋律，你不用生命去唱去喊，能感动谁？情感、质朴，才是艺术的第一要义啊，似乎至此，我才明白了一点点。

毕竟是赴央视做节目。不知怎的，让在京开徽菜馆的老乡知道了。北村老乡程老板获知同乡人在央视，连忙让小儿子小程开车来接，好说歹说逼着要去"吃顿便饭"。两位年轻歌手倒爽快，先我顾自应允，我也只好少数服从多数。那晚节目录毕，与编导告了假，我们就前往老乡徽菜馆相聚。

不谈菜肴有多丰盛，主人有多热情，谈兴有多浓烈多投机，这一切，您都可以想象得到。我们用乡音扯着喉咙，喝着，叙着……最后差不多都醉了。胡广州一直话语不多，他静静地，你叫吃菜，吃菜；你叫喝酒，喝酒；最后有点不稳了，用荆州话讲：谢谢——程老板，谢谢——大家。我今年底，要回、一趟、老家——说着，声音低了下去。

没料到返绩那天，我们刚上火车，胡广州提着一只北京烤鸭，气喘吁吁地赶来送行。我说，你怎么知道我们今天走？其实我是预先不打算讲的，准备开车后再发条短信给他。"我知道，我知道的！"他一边擦汗一边说着。往稍远处望去，我看到，程老板家小儿子小程边招手边往这边走来。小程送我来的，广州轻轻地说道，脸上带着一丝不自然的微笑。

隔着车窗，我们道别，再见了老乡！再见了，北京！就在车开动那一刹那，乡情乡音乡愁一下子涌上了我心头。

车外月台上，胡广州、小程一直冲我们挥着手……

一年之后，即我们从央视归来的第二年，《民歌·中国》栏目组的黄导电话问我，能唱绩溪民歌，特别是徽州民歌的实力派代表性歌手还有没有？我当即推荐在京发展的操明花。黄导联系到她，于是就有了操女士不久后在《民歌·中国》栏目集访谈、演唱、报道为一体的专题面世。接下来，黄导又率栏目组一行开进皖南，专门摄录计用四个专题，较全面地从寻访、介绍老徽州一府六县的民歌，从民歌手到民歌挖掘、整理者等等在内的一部《雕刻徽州》音乐系列片（其中绩溪就占一个专题）。为《雕刻徽州》，以操明花为主及各个县区的本土民间歌手纷纷加盟其中。而操明花，则在老徽州府——歙县古城、苏村民歌之乡及绩溪县瀛洲村、伏岭村等处纵情放歌乡情乡韵……

尾　声

只要您回忆过往，总会觉得时光逝去真的很快。多年过去了，故事中的主人公，如今都怎么样了？

且慢，天下没有不散的筵席，本文也如此。在行将束笔之前，让我简要地告诉您——

胡适：文化名人，早已走进了历史。其著作及有关资料可去国家档案馆、国家图书馆以及网上查阅。故乡绩溪的名人馆、新华书店、档案馆均设有其图书专柜。

※ 村里老奶奶唱起老民歌《插秧苗》

操明花：仍然京城徽州两地赶，"传承"与"演出"两兼顾。总是在做与唱民歌有关的事。在第四届中国农歌会上，她应安徽省文化厅之邀，演唱了晶夫改编的绩溪民歌《四季歌》，并将歌手演出费悉数捐给了希望工程。她说，想牵头扯一个民间剧团起来，票友式的，在歙县或屯溪建基地，不知可搞得起来？一个好消息是，她最近晋升为徽州民歌国家级传承人了。另一重磅新闻这儿可不能舍去：不久前，北京七子文化传媒精心打造的中国原生态歌者大型调研纪录片《歌者》，以每集60分钟的片长，共100集，将在全球范围内对中国原生态民歌进行广泛宣传，后期引入国际资金资助原生态民歌传承项目——操明花，作为来自徽州的民歌手被选入其中！

邵斌：曾经的本土草根歌手，现为绩溪县音乐舞蹈家协会副主席。县物价局职工。演出、录制过一批新、老民歌及若干通俗歌曲。去年应市总工会之邀，在全省总工会与省文联的歌手大赛上，演唱了王明亮作词、晶夫作曲的《等到梦想花开的时候》，经网络评选获演唱二等奖，创作二等奖。他曾获2008奥运会火炬手殊荣。

※ 民歌手在录音棚

周善花：曾经的草根歌手。现为绩溪县音乐舞蹈家协会副主席。县幼儿园教师。演出、录制过一批新、老民歌。其代表作有：作为首个绩溪蚕姑组合之成员，领唱录制了《月亮起山一盏灯》，

※ 祠堂里上演老民歌

曾在首届中国农歌会上演出，相继在央视、省台以及市县台演播。尤值一提的是，描述山乡蚕姑劳作与情爱的《月亮起山一盏灯》由绩溪和风舞魅舞蹈团用于广场舞参赛，一举获得2015年宣城市广场舞大赛第一名，并在安徽省广场舞决赛中荣获二等奖。消息在多家报纸发布，其视频在网上热播。

胡广州：仍在北漂，在演艺公司做中层职员，业余时仍唱歌，缺角时仍补台。每年能有一次"回家看看"父老乡亲的机会。是否

仍然单身？没好意思打听。

小程：其父程老板年事已高仍在京开徽菜馆。程老板膝下三个儿子各有一爿分店，皆经营红火。2015 年春，三儿子小程遵父之命，亦为故乡情所系，返家乡，在古城东的扬之河畔，开了一家高大上的"绩溪大酒店"。那天我陪友人前往就餐，被小程老板一眼认出，于是我们热话当年，唏嘘不已。

晶夫：原供职绩溪县文广新局文艺创研室，现退而未休，仍兼《绩溪文艺》季刊编辑，发挥余温。倾接县非遗中心程主任电话，说，省非遗中心已下拨 10 万元，专款用于绩溪传统民歌的挖掘、整理、改编。晶夫笑答，好，又有活干了。

※ 徽戏新苗　老腔声声

文庙又传读书声

每天晨光熹微，便背起书包，在父母期盼的目光中，离开堂屋，踏上那条熟悉的山间羊肠小道，这条山路崎岖难行，蜿蜒盘旋在崇山峻岭之中，路旁是悬崖陡坡，一不小心就有摔落的危险，全村的书童们，相约一道前行，既是壮胆，也为了互相照应，还能敌天说笑呢。夏天还好，天色亮得早，秋冬时节就惨多了，有时候需要打着篾竹火，在晨曦迷雾中照出一道亮光来，父母显然很担忧，但是孩子们自打一出门，走入这条通往学堂的山道，就把父母的叮嘱和焦急的眼神抛在脑后了，他们一起走向学堂，洒下一路的快乐和野趣。

"推车哥，磨车郎，打发哥哥上学堂。哥哥学了三年满，一考考个秀才郎"。绩溪地处群山包围之中，但是执拗的绩溪人，坚信"深山出贵子"，祖辈们流传下来的信条，刻在一代代绩溪人的内心深处，他们相信"三代不读书，不如一窠猪"，"天下第一等好事莫如读书"，在"万般皆下品，唯有读书高"的时代，绩溪这片狭仄的土地，更是把读书推崇到了极致，十户之村，不废诵读，蒙馆、经馆、书院、书屋、私塾传来琅琅书声，响彻绩水徽山每个角落。从历史的烟雨中走来，这些曾经稚嫩的读书声，在不久的某个日子，或许会成为振聋发聩的时代回响，那个摇头晃脑读着《三字经》《百家姓》的蒙童，也许成了世人敬仰的学界巨擘。

这些深山里的读书声，就是农家播下的一粒粒种子，等待春风雨露的滋养，便会长成一株株参天大树，最终汇成一片偌大的森林。

※ 郭山大峡谷伟人石像

绩溪被誉为"邑小士多，绩溪为最"，儒风独茂东南邹鲁，不就是这些种子发芽孕育的结果吗？

虽然群山阻隔，但是绩溪人的身上拥有山的倔强和韧劲，山的封闭阻挡不了水的开放，山陬里此起彼伏的读书声，就像千山万壑中流淌的小溪水，绵延不绝，奔流出山，达江汇海，终成汪洋。

绩溪自古崇文重教，农家笃信亦耕亦读方可传家，学堂里捧读圣贤书，下学后田间地头干农活，这是当年学童们的"标配"，但在骨子里，他们还是把读书摆在了第一位。清末绩溪著名教育家胡晋接在《金紫胡氏初等小学堂记》中写道："为一族姓儿童前途计而设初等小学，更为一族姓前途计而设初等小学。诚以初等小学者，关系乎族姓前途之兴衰者为至钜也。"读书，关系到一族之兴衰，推而广之，也关系到一村、一县，乃至一国之兴衰，绩溪人对教育的认知可见一斑。

这种认知，化为人们的一致行动，将成为推动文明、推进历史的巨大力量。

时光前移一千年，绩溪人胡咸原本在宋朝太学研修十余年，如果仕途轨迹不发生变化，他将厚禄终生，历史也就很快将他遗忘。但他和人生开了一个玩笑，抑郁不得志，索性称病归家，在自家庭院中传授孩子学问，既当父亲，又当家庭教师。很庆幸，作为父亲，他生出了优秀的儿子，作为家庭教师，他培养出了一代精英，其子胡舜陟、胡舜举先后科举成名，而他的孙子更是了得，曾经吟咏出"三间小屋贾耘老，一首佳词沈会宗。无限当时好风月，如今总属绩溪翁。"的思乡诗，写出了皇皇巨著《苕溪渔隐丛话》的大文学家胡仔，这是徽州文脉的一大高峰，而垒起这座高峰的人，就是归隐的胡咸，他开启了徽州"家学"的大门，此后，绩水之畔，徽山之麓，户诵家弦，书声不绝于耳。

由家学，而社学，而义塾，而县学，一步步，指向文化的通途，绩溪历史上 83 位进士便是从这些学堂走出的翘楚，而更多的人，则用他们的所学，点缀着自己的生活，经营着这片土地。

在一个下着淅沥小雨的春日，我来到了上庄村来新书屋，这是一座简陋的房子。这座书屋如同鲁迅笔下的三味书屋，但没有百草园，少了几分情趣，村民们每天担柴荷锄从书屋前走过，眼角的余光偶尔会扫视一下这座古老的房屋，这座不起眼的房子，走出了一位了不起的人物，他就是胡适。

胡适小时候在绩溪度过了九年的岁月，这九年，他在上庄上了私塾，读了许多儒家经典，被乡亲们呼作"穈先生"，学生被称作"先生"，小胡适心里肯定很美，加上天资聪颖，读书勤奋，母亲给先生的束修也破了当地的纪录，自然受到另眼相看。

有一天，小胡适在自家门口和伙伴们玩"掷铜钱"，一位村里的老辈走过，笑道："糜先生也掷铜钱吗？"胡适听了羞愧得面红耳赤，觉得大失了"先生"的身份。做惯了"先生"，胡适也就没有了嬉戏玩耍的习惯，总是摆出了先生的架势，整日价捧书苦读。但也有例外，有一次居然和一群同学组织了一个戏剧班，做了一些木刀竹枪之类，粘上假胡须，在农田里开台演戏了，当然，胡适多数演的是诸葛亮之类的文角。

来新书屋留下了胡适少时读书的背影，他在这里涉猎了许多儒学著作，也偷看了不少《第一才子》之类的小说，为深山里的豆蔻少年打开了通向神秘世界的一扇窗，他的心大了野了，群山早已锁不住他悸动的内心，十三岁便离开家人远赴上海求学，历经波折，终成大器。"求木之长者，必固其根本。"胡适这棵苍天长木，其根则在故乡九年的私塾教育，如果不是扎根这块文化的厚土，而是贫瘠蛮荒之地，能长出如此大树吗？

私塾先生在当地是有名望的，对待学生也很严厉，但有时也显出几分可爱。从余川私塾里走出的大诗人汪静之，小时候趁老师不在学演戏，每个人脸上画成五颜六色的花脸，把私塾变成了戏台，谁知正在兴头上，先生回来了，见此情形，大怒发威，凡花脸者一律挨了板子。私塾内传出的嚎啕哭声和老学究的呵斥声、板子打在屁股上发出的肉绽声，伴随着同学的窃窃私语声，糅合着参差的读书声，一片闹腾。私塾的清规戒律是管不住孩子的天性的，四书五经的乏味枯燥就像一块大石头压在学童的身上，可以想象，那时候学生与老师会上演多少出悲喜剧。

著名近代文人章衣萍老家在湖村，他的私塾先生是个瘾君子，喜欢打人，而且下手狠，出手重，在这样的先生手下读书，如果不用心，或者没有一点天赋，简直就是"苦难岁月"了。书背不出要打，写字把墨涂到脸上要打，辫子盘在头上也要打，甚至走路连跑带跳也逃不过先生的板子。一块又方又硬又冷的红木戒尺，就是先生的"尚方宝剑"，学生的屁股、手心、脑袋逃不脱戒尺的光顾，有的学生犯了错，被先生压在桌子上猛打屁股二三十下，一瘸一拐，走不了路。绩溪人信奉"严师出高徒"，先生如若不打学生，是教不出"贵子"来的，私塾先生的戒尺、作瘤栗（五指并拢弯钩击打头部的一种惩罚手段）虽然遏制了孩童的天性，却也播下了读书的种子。

私塾里读书，自有乡野之气，认字、写字、对句、作诗都是必修课，还能学到实用的写书信、契约、算术，汪静之当年就曾自豪地回忆，在所有的同学中只有自己会作诗，其他人全不会。我们可以想象先生拿着戒尺敲打同学的手心，小静之在一旁洋洋自得的神情。无怪乎，后来的汪静之成为名噪一时的新诗新秀，"湖畔诗人"刮起的"蕙的风"席卷中国文坛。小时候的乡村陶冶，余川的山水滋养孕育了诗人的才情。

比之私塾，书院是一道特别的风景。

循着"安徽省最早的书院"这条重磅线索，我走进了上庄宅坦村，这是一座历史悠久的古村落，旧称"龙井"，从这个儒雅的村名中隐约可见这里曾经的文化底蕴。一座据说是全省最大的村级博物馆赫然立在小学旧址，有着"文化村长"之喻的胡维平，操着一口难懂的岭北方言，向我介绍了桂枝书院的历史。

这座书院始建于北宋景德四年（1007 年），系胡忠捐资所建，书院的房屋、院落、遗迹早已消逝，它的辉煌只存在老百姓的口口相传和文字的记载当中了。胡维平既是农民，又是乡土文化专家，他对书院的情结，对"龙井"的炽热，凝聚在了眼前这座偌大的博物馆里，令人感动。其实，他本人不就是一座活着的乡村历史文化博物馆吗？

绩溪人是有历史情怀的，县城新建的现代化小学，被赋予了一个极具厚重感的名字——桂枝小学，我想这背后的隐喻值得深思。书院是讲学论道之所，也是读书学习之地。绩溪的书院承载着读书人的理想和希望，云庄书院、槐溪书院、谦如书院、东山书院……一座座，一升升，穿越历史风雨，走过兴衰岁月，续接读书文脉绵延不息。

县学就是官学，全县读书人心中的圣地。绩溪的县学在文庙，如今的文庙依然保留着当初的风貌，称作"江南第一学宫"。文庙起初是有读书声的，而且延绵数百年，后来成了县委大院，祭奠孔子的大成殿俨然变成领导中枢，但是，文化是穿越时空的，出于对文化的敬畏感和对圣贤的推崇，决策者主动搬出了这座绵亘数百年的文化圣殿，还拨出专款予以修复，让孔子重新回到殿堂的中央。文庙的这段插曲，正好印证了绩溪人崇文重教的风气。

※ 文庙清幽读书地

※ 文庙里的化龙亭

　　文庙占据着古城黄金地段，绿树掩映，曲径通幽，飞檐翘角，巍然耸立。这座"规模甲于江南"的宏大建筑群，由大成殿、廊庑、庙门、泮池、泮桥、棂星门等组成，踏入庙门，只见松柏苍翠，泮池如月，虹桥飞渡，雕栏玉砌，历经千百年风雨，仍古韵依依。大成殿是文庙的灵魂，这座高大的古建筑，巍峨壮观，天花藻井彩绘鲜艳夺目，"万世师表"巨匾高悬，一座庄严的孔子塑像立在正中，令人肃然起敬。

※ 文庙泮桥

※ 大成殿外古桂树

　　我常独自一人前往文庙探幽拜谒，大成殿前庭院内两株百年桂树，虬龙盘枝，枝叶繁茂，虽然不是深秋时节，也能闻到阵阵幽香，倘若秋至庭院，桂子花开，满城生香。我想，孔老夫子也许被眼前的幽静清香陶醉

※ 大成殿外景

了，他老人家习惯了孑然一身独守大殿，面对浩瀚的苍穹和多变的世界陷入长久的沉思……那种热闹的香火、虔诚的跪拜、客套的礼仪，已经烟消云散，只能孤独地回望着过往的辉煌和足迹，耳畔不时隐约地听到，附近学子传颂着他两千多年前说过的话，此时此刻，他的内心小城能有几人知？

※安徽省仅存的古代考棚

※文昌殿外景

一池碧水荡漾在文庙之侧，风扶藕荷，清香袭人，鱼戏鸭凫，如能偷闲捧得书香，呷一缕清风，在池边游弋，或在化龙亭里赏读，邀明月做伴，那是何等惬意之事。

文庙的另一侧，原先是射圃，童生们手持弓箭，扎稳马步，只听得"砰"的一声，箭矢离弦飞入靶，一阵欢呼贺佳音。如今，射圃已荡然

※县城内文昌阁

无存，几排老旧房屋无声伫立，荒草萋萋，残垣断壁，如果有一天，真的还原了当年的射圃，当下孩子的纤纤玉手能否拉弯弓弦，射中靶心呢？

文庙的里进，是安徽省仅存的古代考棚，置身其间，可以想见当年科举考试的情形，一卷定终身，一朝题名天下闻，走入考棚的秀才，绞尽脑汁做足锦绣文章，换来锦绣前程。小小的考棚，是底层草根实现"逆袭"的一个出口，有了这个出口，底层的泥土气息才能向上飘散。

几乎每一座古城都有文庙，这是文脉所系，人们对待文庙与对待自身传统文化的态度是并行不悖的。文庙附近立有一座文昌殿，是祭拜文昌帝君之所，门楼古朴典雅，上嵌有多块"五魁"和"暗八仙"砖雕，正厅隔扇门装饰着精美的"二十四孝"木雕，门柱楹联多含育人之道。据说掌管文庙的教谕品级仅比知县略小，属于县里的"主要领导"之一，人们对官学的重视岂可同日而语？

也许是刻意安排，建校近百载的绩溪中学包裹着考棚，依偎着文庙，斯文正脉，千年传承，琅琅书声又从文庙传来，我们似乎听到了官学里童生齐诵儒家典籍的历史回声，淌过千年的岁月之河，依然清晰，回荡在古城的天空。

五

绩水淌过旧光阴，流入新的历史，一切都在改变，旧学退去，新学如雨后春笋，我的父亲正是那段年月的亲历者。

父亲年近耄耋，是举着篾竹火读完初中的。

※ 孔子像

那年月，全县只有一所初中，就是文庙旁边的绩溪中学。乡村的孩子读书不易，一般读完小学就从事农桑了，初中生已然成了凤毛麟角，父亲显然是幸运的，成为山村里屈指可数的"土秀才"了。父亲的村庄离校足足一百多里地，蜿蜒的山道和弯曲的溪水互为交织，山重水复，没有足够的脚力是走不出来的。凌晨三点，十二三岁的父亲就要动身启程了，月黑风高，山峦重重，不时还有野兽毒蛇出没，虽然是一条平时常走的山路，但对于一个十几岁的孩子来说，还是有几丝胆怯和危险的。

爷爷或者奶奶担负起了伴行的角色，他们手里撑着篾竹火，背上还预备着火把，有时候是吹花秆，路程远一根火把是不够的。篾竹火在夜风当中晃动得很厉害，火苗时强时弱，路影子时隐时现，只好凭着记忆走完盘山小路，直到天亮，爷爷奶奶才回家，留下父亲独自前行。沿途的同学逐渐汇成一群，向县城进发。

除了火把，父亲出门必备几样宝贝：菜筒、包袱、油纸伞、草鞋。菜筒子是用毛竹做成的，里面装的是奶奶精心烹炒的菜肴，主要是水煮豆、腌菜、梅干菜、笋干之类的干菜，不易变质，一筒菜能吃上好几天呢，即使馊掉了，也舍不得丢弃，和着稀饭一咕噜下肚，管一天的饱。包袱里装着衣服和洗漱用品，农家的孩子苦，缺衣少穿，但棉袄棉裤是少不了的，不然挨不过寒冷的冬天。草鞋是路上预备的，一百多里路，一双草鞋走下来会磨破，两双换着穿，养鞋也养脚。由于离家远，父亲一般一学期才回一趟家，每次回去，腿肚子都会疼上一阵，但是读书的乐趣很快驱走了疼痛。

作为乡亲们眼里的秀才，父亲得到了大家的尊重，读书很受用，感觉很有面子，很有自尊。村里谁家来信了，请父亲帮忙拆看；谁家分家了，请父亲写协议；过年了，父亲出手写的春联成了抢手货，就连在农具上写个"某某某办用"也离不开父亲。父亲，俨然成为小山村里的文化人了。

父亲读书非常用功，成绩优异，后来考取合肥的一所中专学校，但由于时事变化，造化弄人，学校撤销，无奈的父亲只好卷起铺盖，捆好书本，沮丧地回到了那个闭塞的小山村，当起了民办教师，一生的轨迹就此改写。

其实在我父亲读书之前，早在 1902 年，科举制度正走向末路的时候，绩溪的首个新式学堂思诚学堂就在仁里村诞生了，开启了近代学校教育的先河。

走进私立思诚两等小学堂，"花园楼房，曲幽阶廊，庭院深深，古色古香"，五棵古柏点缀其间，与前校长程东屏作的《五古柏记》相映成趣。

这究竟是一所什么样的学校呢？思诚学校早已更换标签，如今，村里的小学仍在当年的旧址上办得有声有色。走进古韵犹存的仁里寻访村里的老人，特别是当年思诚的学生，从他们的口中，我完成了一次时光的逆流。

这是一所至今仍令人津津乐道的乡村学校，也可以说是绩溪人，特别是仁里人在旧学颓废、新学初兴的时代当口，领风气之先，同历史打了一个漂亮的招呼。

当地徽商程序东兄弟眼光锐利，在原有家塾、经馆的基础上，扩建校园，课室、图书馆、体育室、师生宿舍、食堂一应俱全，音体美各类器材皆备，修身、国文、英文、算学、物理、化学、生物、地理，乃至图画、手工、习字、体操等课程无所不包，光看这些课程，就足以表明当年办校思想之高妙，想不到百年前的思诚就已经彻底地实行了素质教育，当今那些满口山呼素质教育而死盯应试的人不知可汗颜否？

最意想不到的是，学校为聘请名师可谓不惜血本，老师个个出类拔萃，有留学日本的青年才俊，有名噪一方的硕儒，还有正规院校毕业的高材生，据说他们的年薪达 400 银圆，堪比大学教授的薪资。这些高级专才拥挤在一个村庄的一所小学堂，这是何等盛况？若干年后，当一名师范学校的毕业生分配到仁里小学，他满心委屈，壮志难酬，唯恐老死在穷乡僻壤间，殊不知，一群鸿鹄曾经在此长久栖息，他这只燕雀安知其志？

一叶知秋，透过思诚学堂的背影，我看到了绩溪人倾力办学，倾心教育的义举和坚韧，胡适办上庄毓英小学、县中的一波三折、胡晋接创立二师都留下了说不完的话题，道不尽的辛酸。琅琅书声之所以传遍绩水徽山，千年不断，其背后的艰辛和执着又岂是几段粗浅的文字所能表达？

跟父亲一样，我也在乡村长大，在村中读完小学，在乡里读完初中，后来考取学校走出了山村。那时候的乡村学校，虽然破旧不堪，但暖意融融，回味起来，值得慢慢咀嚼。

村中的学校是集体共建的，张三家拿一根木头，李四家出几块砖头，工分大家分摊，不管男女老少，全村齐动手，谁也不落后，有娃的自然乐意干，没娃的更要好好干，大家心里明白建学校可是"功在当今，利在千秋"的大事。

那时候读的是复式班，所谓复式班，就是几个年级窝在一起，一个老师就是孩子王，既是校长，也是班主任，还得管后勤。现在的孩子已经不知"复式班"为何物了，在这样的班级里上课，别有一番滋味和乐趣。同在一个教室，一年级的读几首诗，二年级的便默写课文，三年级的则抄写生字，各学各的，互不干扰，真佩服老师的巧妙安排，面对如此复杂局面能够应对自如。我们有时候也开小差，偷看其他年级学习，个别聪明者竟然比高年级先学会，害得老师总拿他数落大同学，这个"聪明者"放学后自然少不了大同学的一顿"调教"。

教室简陋，窗户是用塑料纸糊的，桌凳是长条，能坐两人，午睡的时候，一人睡桌子，一人睡长凳，睡相不好的，经常会滚落在地，掸掉身上的灰，又接着睡。没有运动场地，体育课最多的是打乒乓球，将黑板拆下来平搁在凳子上，中间放一根横木当网，就算是简易型球桌了，大家的球拍也是平时自做的，削一块木板即可。别看球桌球拍特别土气，同学们的球技可一点不土，银球飞舞旋转，比拼非常激烈，场面很是热闹。

记得老师腿有残疾，走路不便，但是从来没有迟到过。老师家离学校有三四里地，全是狭窄的山路，有的地方还特别陡峭，冬天下雪的日子，路面很滑，就连健壮的小伙子也须小心翼翼，老师甩着那双跛腿，动作幅度很大，身子歪歪斜斜，走得缓慢却很稳健。我们总是趴在教室的窗台上，探望着远方的那条路，当看到那个歪斜的身影出现在山野，我们就会立马缩回座位，高声朗读起来，好让老师听见。小时候不懂师恩，现在回想起老师的辛苦和心血，真是愧疚。有时候，老师也住校，一个人，一盏灯，一叠书，只有溪水做伴，明月当友。

村里的人非常淳朴，把老师当作尊贵的客人，在他们眼中文化人是值得信任和托付的，孩子交给老师一百个放心，总是说，孩子不听话就打，不好好读书就狠狠教训。那时候实行轮流供饭，老师的伙食无论如何不能"跌相"，若谁家红白喜事，或贵客临门，杀猪宰牛，自然盛情邀请老师作陪，老师也主动帮人家解决困难，人们把老师当作自家人，老师也不见外。那时很少见到尊师重教的标语口号，但是人们在言行和生活的细节当中已经做到了极致，这恐怕不是几句口号能实现的。

初中岁月又是另一番景象。

初中母校蜷缩在山脚溪旁，树丛掩映着几排老旧平房，现在回想起来，初中生活的影像仍然清晰。因为学校没有学生宿舍楼，教室的功能就增加了，白天上课，晚上住宿，是另类的"多功能教室"了。由于要上夜课，离家又远，交通不便，附近有亲戚好友的就投宿在他们家里，像我们这些无亲无故的就只好蛰居教室了。晚自习下课，室友们就忙开了，大家搬课桌拼成一张大床，这种课桌是各家自做的，高低不一，即使铺上被子，也很硌人，但还是抵挡不住大床的诱惑和魅力，滚上去撒欢闹腾，半宿无眠。教室的隔壁就是老师的办公室兼宿舍，中间只隔了薄薄的一层木板，木板之间的缝隙很大，老师经常被我们吵得夜不能寐，他就咚咚咚地狠敲木板以示生气，一阵出奇地寂静之后，我们又闹腾起来，几次三番，后来老师也没了办法，偃旗息鼓投降了。最有趣的是老师夫妻团聚的时候，大家都挤着木板缝偷窥，老师无奈，只好在木板上贴了一层厚厚的报纸，但是没过多久，报纸也开了缝。当然睡教室是男生的"特权"，早上有女生上学来叫门了，我们才很不情愿地起床，睡眼惺忪地叠被子，拆大床，教室又恢复了原样。

那时学校食堂不供应热水和热菜，这可就苦了我们这些住室生了。校园旁边的小河是我们另一个家，洗碗、浣衣、喝水、洗漱全靠它。同学们三五成群沿着小溪"驮饭碗"，吃完就在河里洗净，顺便逮鱼摸虾，附近山上有一处泉水，那是大家最好的浣洗池。入冬就悲催了，同学们夜课结束后三三两两打着手电，来到河边盥洗，河水冰冷刺骨，直钻心尖，有些同学实在受不了，干脆一个星期都不洗脚。那时候学校经费特别紧张，经常开展一些勤工俭学活动，组织学生上山砍柴，干农活，采中药材，学校的操场也是我们当年从河里挑沙，一担一担铺成的，师生同劳动，谁也不叫苦。

不上晚自习的时候每天走读，来回几十里山路，有时天不亮打着电筒就出发，山路崎岖险阻且长，却挡不住农家少年沉毅的脚步。说来也怪，越是远途的反而越先到，这不是"慢鸟先飞"，或许是"远鸟先飞"吧。

老师教学认真，学生读书勤奋，青灯黄卷，学校的灯光在漆黑的夜晚显得更加明亮，点缀着黛黑色的群山，装饰了一群山村孩子的梦。

二十年后，当我再次踏进母校，这里俨然成了敬老院，几位瘦弱的老人挂着拐杖，懒散地坐在围墙边晒着太阳，冬日的暖阳打在身上，洋溢着幸福的神情。老人乜斜地看了我一眼，他不知道这个地方，曾经拥抱了我最美好的少年时光，斜阳的余晖散去，剩下的只是回忆。

　　类似这样的情景，在当今乡村随处可见。由于时代的变迁和城镇化的虹吸，许多曾经书声琅琅的校园，如今是"此地空余黄鹤楼"，或挪作他用，或变卖他人，甚或任其"荒草萋萋鹦鹉洲"，空留下一片遗憾让人叹息。

　　当年的学校是山村文化的核心，也是文明的高地，在村民心中具有崇高的地位，一代代乡贤俊彦从简陋的书屋、私塾、学校中走来，迈向各自的人生。区区十几万人口的山区小县，走出了六位院士（如果胡适的"台湾中央研究院"院士也算的话，就是七位），众多的学界、商界、科技界名人，产生了胡氏、汪氏、程氏等望族，其名人比例可以说全国罕见，这一切与深山茅屋的琅琅书声是分不

※ 胡适小时候与母亲

开的。这些简陋的房屋庭院中，播下了读书的种子，青山深处，碧水尽头，高山之巅，山涧之底，处处种子发芽，只待岁月之雨露，机遇之春风，便可势如破竹，郁郁苍苍。乡村是读书的沃野，那里有更广阔的舞台，更深厚的泥土，更久远的气息，让我们把目光投向这片土地，不能使之在现代文明中彷徨陷落。

著名画家、学者陈丹青曾说过，诞生胡适的那个上庄村还在，但无法想象，如今的上庄村还能走出另一个胡

※ 兰蕙书屋人气旺

适？他感叹乡村正在消失，由一批乡贤、士绅构筑起来的乡村文化逐步瓦解。好在，胡近仁、程光宪等一众乡贤传承的读书种子并未断绝，此时文庙又传来读书声，我们侧耳细听，书声飞跃绩水，翻过徽山，传遍大江南北，走向更加宏远的未来。

文庙里的孔老夫子，这回真的该笑了……

舌尖上的乡愁

到绩溪去吃"十碗八"

　　早就听说绩溪岭南一带的民宴"十碗八"久享盛名，故对其心仪已久。后来，据友人介绍，岭南的这一民宴，并非想吃就能吃到，当地只有婚寿喜庆才会操办。既然如此，那只好咽着口水待食缘了。

　　最近，恰逢友人盛邀，游了趟属"徽厨之乡"伏岭古镇辖区的鄣山大峡谷，在饱览了"古为吴越之境"的巍巍鄣山雄姿后返城，车至中途龙川村时，在一家名为"龙川家园"的美食馆泊下。主人告知，如今民宴也进餐馆了。这店的"十碗八"做得不错，就在这里吃午饭了。这一安排正中我的下怀，让我饥肠辘辘更甚，心头不觉涌起要摩拳擦掌大干一番的气势。

※绩溪乡村举行祭汪公赛琼碗活动场景

进了一间名谓"龙须厅"的包厢，我们围席而坐，只见桌上已布设好了八个冷碟，顺着桌上旋转台细细扫描，见有小排骨、卤口条、卤猪肝、桂花肉、腌笋丝、腌蕨菜、瓜子、花生。菜肴果品倒是普通，但经服务小姐的一番介绍，就让人觉得有些与众不同了："岭南的'十碗八'是十碗大菜，八个冷盘。我店所有的肉食蔬果都产自当地。肉菜取之于本地独特的猪种绩溪黑（毛）猪，以山野的嫩草叶和粗粮喂养，其肉自然比单纯饲料喂养的白毛猪约克夏更为鲜香味美。那里山势高峻，云遮雾障，土脉厚良，所产的蕨菜、竹笋特别鲜嫩，且绝对没有污染，客人们尽可放心食用。在民宴的八个冷盘中，其中六样荤素菜肴可随季节变化或根据条件而选用不同的原料，而唯独瓜子、花生不变。当地方言中'瓜'与'加'，'生'与'孙'

※ 八盘

谐音，上瓜子花生寓意加子添孙，福泽绵长。"服务小姐的这番介绍，让我们未曾动箸就增添了对这席原生态饮食的亲切感和对徽州饮食文化的认同感。

同行者们开始试着当地的名酒"胡氏御液"，细细品味着这透析出泥土芬芳的八冷碟，开始进入一个别具风味的徽乡饮食世界。

不一会，服务小姐送上了第一道菜，称"石耳炖鸡"。据介绍，其鸡是山民放养的土鸡。只见青花瓷质的一品锅里，码放着一只蜜腊金黄的全鸡，周边衬着一圈灰褐色的石耳，汤汁也呈纯黄色。此菜刚一上桌，可闻到四溢的香气，沁人心肺。全鸡虽外皮紧绷，壮得溜圆，用筷子稍微一捣，却已酥烂，味道特别鲜美，这是真正的"原汁原味"，是城里人难以享受到的口福。嚼着特别美味的鸡肉，让

人有"久违其香"的欣喜感。石
耳采自郇山大峡谷的百丈岩，这
种属地衣门的植物，生长在恶劣
的悬崖环境中，吸纳着大自然的
日月精华，故颇具营养价值。据
行家称，此菜还有养阴补血、健
胃消食、清凉明目的保健作用哩。
与鸡同炖，其味互补。

※ 石耳炖鸡

　　第二道菜是"炒粉丝"。
只见这粉丝比城里卖的龙口粉丝
粗，外观略带酱色，油光发亮，
诱人食欲，用筷子稍稍挑拌，可
闻到阵阵胡椒香和葱花香。粉丝

※ 炒粉丝

与配料干笋丝、肉丝、豆腐干丝共炒，入口软韧爽滑。据主人说，
当地习以山芋洗浆之粉做粉丝，而且很少用作汤煮，以烧炒居多。
但城内也确有卖粉丝汤当点心的，对象皆为学生，生意还挺不错。
这菜以其形状，又叫"常（长）来常（长）往"，寓意情谊不断，
地久天长。

　　粉丝吃得刚见碗底，又一道热气腾腾、满堆的大菜适时上来了。

※ 鄣笋炖猪手

服务小姐称此菜叫"鄣笋炖猪手"。"猪手"是店家的名称，民间习惯以"猪脚"称之。只见猪脚都斩成小块，无主骨，可见做此菜时店家选料十分精到。其肉酥烂适中，恰到好处。配料有干笋段，笋质极嫩。吃一块肉，再尝一段灌汤笋，给人有相得益彰的爽快感。

据主人介绍，炒粉丝和炖猪手是"十碗八"中较原始的组合菜肴。相传明代中叶后，绩溪徽商兴起，特别是到清代，岭南的伏岭旅外徽馆业迅速发展，徽厨们为了提高家乡父老的饮食生活水平，不时地通过信客（民间邮递员）为家乡带进海货，从而改进并丰富了"十碗八"的菜肴内容，将炒粉丝改成炖鱼翅，炖猪脚变为煨海参。这一改良，提高了原来"十碗八"的档次。无怪乎伏岭一带的老人至今还习惯称"粉丝"为"鱼翅"，"猪脚"为"海参子"。两者却也形似。这两道菜还有"长寿""生子"的寓意哩。

主人话语刚落音，又一道如盛开的白牡丹的菜肴上席了。服务小姐介绍这是一道甜羹，称"银耳枣子羹"。主料是银耳，辅料是蜜枣。只见碗内银花怒放，十颗蜜枣缀于花心，宛若一件玉雕艺术品。

此羹的银耳、蜜枣见之有形，而食之酥化。主人提示，此羹是以冰糖所煨，无怪乎甜得清润，甜得平和。吃到现在，我特别要为这一民宴佳肴的组合拍案叫好的是，用过几道咸味菜肴，确也需要喝上点甜羹才能调适口味了。

※ 银耳枣子羹

　　第五道端上来的是"红烧肉"，外加一碗"大发包"。据介绍，这两碗同时上席，按"十碗八"的规制，只能算一碗。难怪服务小姐称其为"猪肉包"。只见那红烧肉块头不小，约8×4×2（厘米），当地人夸张为形如磨刀石。此菜以肥瘦适中的五花肉作原料烹制而成，没有配料，属净菜。那碗发包也是按乡村习惯以酒酵母发制，每只直径约8厘米，包色洁白，包面光滑，包质柔软而富有弹性。发包端上桌来，便获得宾客们的好口彩。主人说："这发包发得好，且洁白，

※ 红烧猪肉

※ 发包

也是这里的一大特色。岭南一带是泥沙田，由于土质之因，所产小麦磨出的面粉比其他地方的更雪白，伏岭的面食好吃，早就出了名了，过去用水力石磨土法加工，是面粉好的原因之一，绝对没有加入溴酸钾之类的添加剂，各位尽可放心食用。"只见每只包的顶端都盖有大红寿字印，给人增添了喜气感。行家说，"按民俗要求，只有盖有红印的方可称为礼包，才可上桌。这发包曾沿传近万年的母系社会女性生殖崇拜的遗存物，视其形状也不无道理"。平素，我是不太爱吃肉的，而今，却经不住那色泽赤酱红润的肉块香味的诱惑，胃口被吊起来了，夹了一块，咬了一口，细细咀嚼，咸淡合适，肥而不腻，肉质不爽不烂，可见掌勺者把握火候有独到之功。此包以白糖拌酵，微甜，我一口气干了两块肉、两只包，肚皮虽有吃撑之感，而食欲几乎刚开。主人说："此菜的另一种吃法是将包掰开，将肉横嵌其中，这就成了'岭南汉堡包'了。"据说，这一带的老人都习惯拎着取暖的竹制火熥赴宴，吃到此菜时，就将自制的'岭南汉堡包'放于火熥上烘焙，焙得肉脂溶化，咝咝作响，吃起来又香又脆。一位客人说："绩溪人真会吃，徽菜产生于此，完全在情理之中了。"

这时，服务小姐陪着一位中年女子来到席旁，据介绍，这位就是店主。只见这位稍显富态的女老板向客人们一番客套之后，便向客人一一敬酒祝福。友人说，"吃'十碗八'至猪肉包上桌，酒席

算是进行了一半，按习俗，也是东家
向亲友敬酒的时候了"。女老板一个
"通关"打下来，说了声"请各位慢
慢用"便离席而去。看来，今天这一
饭局，完全是按照岭南一带礼仪来的。
这时，服务小姐又端上了一碗飘散着

※ 肉皮虾米汤

鲜香的汤菜，称其为"肉皮虾米汤"。只见汤水略带酱色，并勾有
薄芡，以汤匙舀食，方知汤汁内容还很丰富。此汤是以水发肉皮、
肉末、冬笋米和虾米入沸水汆制。尽管汤温不低，强喝了两匙，自
觉鲜味颇佳，让人有些欲罢不能。也许是吃了猪肉包的缘故，有些
口干喉腻之感，是该用点汤水清清胃口了。据说，清、民国年间，
也有以黄鱼肚代替肉皮做汤的，那就称"鱼肚虾米汤"了。

刚品过"肉皮虾米汤"，上来的是一道糊状的菜肴，我以为是
婺源的粉蒸菜，一问，此菜名"焖粉"，

※ 焖粉

看样子是由米粉调制而成。上桌时先
闻到一阵淡淡的葱花香，食时，又有
一股浓浓的五香味，经咀嚼，其原料
不单是米粉，其中还有干笋、猪肉、
豆腐之类的配料，花色还不少哩！服

务小姐介绍，这是一种菜肴化的主食，制作有些费功夫，非用一个"调"字可以说明的。据说，这米粉原料是籼稻米，经与五香佐料共炒后碾磨成大小适中的粉粒，太粗太细都影响口感。烹饪时，作料先下入开水锅中，再徐徐下入米粉搅匀，调好味，稍焖片刻即成。此外，烹制时，水与粉的比例搭配也要恰到好处，太稠太稀均影响口感。一般以"筷夹不流，匙舀不干"为度。这焖粉的学问还真不少哩！

※萝卜杂烩

紧随其后，上来的是一碗萝卜做成的菜。此菜谓"萝卜杂烩"。说到杂烩，不由让我想起一个关于李鸿章去欧洲某国吃饭时，命名一道杂烩菜的典故，后来，把李氏此举作为中菜中的杂烩的来历，对此，我不敢苟同。

杂烩一词，绩溪流行有几百年了，李鸿章其人不过近百年来的事，何以见得是他命名的呢？这道萝卜杂烩是以萝卜切细条与干笋、肉丝共炒而成，是一道极平常的素菜，烹技上倒没什么特别。但作为今天的食客来说，吃了几道荤菜后，也该来点素菜调调口味了，更何况，据店主介绍，这萝卜是刚从田里拔来的，直至下锅还不到一个时辰呢。如今，人们的保健意识增强了，饮食中谁不想图个新鲜？

何况还有"十月萝卜赛人参"之说呢。

紧接萝卜杂烩后，就是一道肉团圆，亦称"肉圆汤"，称它肉团、肉圆皆有之，都有团团圆圆之意。绩溪人做肉圆与外地最大的不同是不以净肉制作，而是以猪的前夹心肉剁细打

※ 肉圆汤

上劲后，还调入少量豆腐泥。这样做成圆子入汤水煮制后，更加细嫩可口，老少咸宜。且从其生物成分组合角度分析，动植物蛋白质、脂肪合制成肴，更具营养价值。

最后一道菜是红烧鱼。上等的鱼菜的原料要数鲭鱼了。鲭鱼的尾巴由于外层胶质较厚，还可专做徽州名肴"红烧划水"呢。但鲭鱼少，岭南乡村都以草鱼做菜。据主人介绍，这里以沙质土壤为主，池塘所养之鱼不仅

※ 红烧鱼

少了泥腥味，且因塘鱼以草为饲料，上桌之鱼菜，又值当时打捞烹制，其鱼味鱼质更是鲜嫩无比。徽式烧鱼与其他帮系不一样，一般不煎不炸，以少量菜籽油滑锅，放入葱姜煸炒后，再放入鱼料、调料。以少水快火烧制，五六分钟出锅。民宴中的鱼菜，以烧全鱼居多，

若婚庆宴席太多，亦有红烧块鱼的。此菜寓意年年有余。

吃完一顿岭南"十碗八"，如同进行了一次徽州民间饮食文化从理性到感性的享受。然而，这还仅仅是这种文化的冰山一角呢。岭南"十碗八"确是一组文化内涵深刻的民间宴席。首先，它体现了徽民对美好生活的向往与祈求。在岭南的民俗中，十分崇尚吉数，如"九碗六""十碗八"，以六八九之数来组合；在礼仪往来的馈赠中，习用偶数，如十六、十八、二十四等；民宴中的发包每人四只计数上席。其次，"十碗八"的菜肴上席有一定的顺序，规制十分严格，不能乱套。头尾两碗大菜，一定是鸡和鱼，以绩溪方言谐音，蕴含吉（鸡）祥如（鱼）意之义。再次，这一民宴看似十分普通，几乎没有哪一道可称得上真正的功夫菜。但综观这一宴席的组合，却十分精当完美。比如从原料的性质看，有荤有素；就味觉而言，有咸有甜；从状态上分，有干有稀；按种类论，有菜品，有主食；如从烹技上考究，有腌（腌笋丝、腌蕨菜）、炖（全鸡、猪手）、炒（粉丝、萝卜杂烩）、烧（红烧肉、鱼）、煨（虾米汤、甜羹）、焖（炒米焖粉）、蒸（发包）、汆（肉团汤）等八法齐用。有烹饪专家认为，岭南"十碗八"是一套民间菜肴的"黄金组合"，值得烹饪研究者探讨。

在紫园吃一品锅

　　早就听说绩溪有座具备五星级农家乐标准的"紫园"旅游山庄，那里的一品锅烧得非常地道，佳传一多，更刺激了我的味觉神经，总想寻机去一品究竟。

　　"紫园"山庄坐落在绩溪近郊、距县城中心约2公里的上马石村。据传，元代至正十七年（1357年），朱元璋屯兵于此，常从这里蹬石上马出征故名。说来也凑巧，历史的年轮刚刚转过646年的今天，

　※ 精心烹制的岭北农家一品锅

一位朱氏后裔、古建筑专家朱子荣来此开发拓业了。他倾三年之功，硬是从这山坳里构建起了一片兼有元、明、清、民国四个朝代特色建筑物的古村落，被古建筑大家们称为"六百年徽派聚落文化的缩影"。

有村落便有民居，有民居自然有灶下（即厨房）。世居岭北的、聪明的朱氏夫人胡密芬，在这集徽派建筑于一隅的古民居群中，也将缘起于岭北的一品锅带到了"紫园"，让人们在领略徽州建筑历史文化的同时，又有机会品尝流传数百年的、名闻遐迩的岭北土菜。

据说，吃一品锅必事先预订，因这是一道功夫菜，临时打招呼

※ 农家土灶烹制一品锅

是绝对做不出来的。我们
一行下榻"紫园",刚从
泊于大门前的车里钻出来
时,便可闻到一股股扑鼻
的醇香。我们循香而行,
来到园外左侧一炊烟缭绕
的餐楼,走进一楼厨房时,
哇!见到里面雾气腾腾,
右侧是厨案,左侧依墙有
一排土灶头,足有十多孔,

※ 精心制作一品锅

烧的都是木柴,每孔灶上坐有双耳铁锅,锅里直冒着热气。几位村
妇模样的厨师在紧锣密鼓地忙碌着,有的忙着往炉里添柴火,有的
往锅里码放菜肴,一位身材窈窕,穿着兰底印花大襟女装的少妇,
手脚麻利地在用勺子舀着锅里的汤汁浇于菜面上。我好奇地走近过
去,"今天客人还不少吧!"少妇笑吟吟地答道:"不多,才十来桌,
十几只锅。节日、双休日可就多了。"又问道:"你这是在做什么
呢?""浇汤水,这也是一道工序,一品锅焖了一段时间后,味道
析出了,锅面浇上汤水,菜的味道才更好。"哦,看来这一品锅的
味道还是用文火慢慢地炖出来的。于是,又追问了一句:"这汤里

你们放味精吗？"少妇乜了我一眼，怨声道："徽菜讲究原汁原味，一品锅的味道都是菜的本味，哪里还用得着味精、鸡精呀！"

老实说，在城市里的酒店厨房间，是看不到这种烹饪场面的，这种与现代厨房设施相去甚远的、可说是土得掉了渣的烹饪场所，引发同伴们不时地按动着手中的相机，抢录着这带有原生态烹饪场景的一幕幕。

不一会，园主子荣先生邀我们在一幢名为"松枫堂"的客厅大圆桌围坐。这是一处官厅，属明代建筑，厅宇很高，两侧有厢房、阁楼。厅前的上方有一长方形天井，可直视云天。坐在席上，能通过天井，欣赏到对面山上繁茂的松枫林景致，大概这就是建筑学家所称的"天人合一"的意境了。一阵秋风吹过，相互掩映的苍翠的松枝和橘红的枫叶，轻轻摇曳着，美不胜收，让人心旷神怡，无怪乎该堂取名为"松枫堂"了。

我们还未来得及好好领略井外的可餐秀色，一位穿戴村姑模样的服务员拎了一只双耳大铁锅上来了。一看这铁锅，让我油然忆起梁实秋先生在《槐园梦忆》散文集中所描述的在胡适家吃锅的情景："一只大铁锅，口径差不多一尺，热腾腾地端上来，里面还在滚沸，一层鸡、一层肉、一层油豆腐，点缀着一些蛋皮饺，紧底下是萝卜、白菜。"哇！这就是我心仪已久的一品锅了。此锅锅面上能看到的有三种菜肴，其中鸭子夹和油豆腐包沿锅周整齐地排成两圈，宛若一朵大葵花。锅的中央堆有红烧鸡块，并摆成展翅欲飞之状。锅一上桌，便给人产生一种视觉冲击力，让人食欲油然而生。

据女主人、一品锅名厨胡密芬介绍，一品锅属层次式火锅，至少有四层，多的六层八层不等。无论多少层次的一品锅，鸭子夹、油豆腐包和红烧肉三种菜一种都不能少。最底层的皆为蔬菜。按当地食俗，一品锅的菜肴码放和吃法都有一定讲究。烹制时，这锅里的鸭子夹、油豆腐包和红烧肉是按乡村中的八人桌，以每人各四只（块）下锅的，故下箸时，必须从上至下逐一挟食。每人如数吃完鸭子夹、油豆腐包后，方可捡挟下面的红烧块肉，挑翻、掏掘锅菜，是吃锅礼仪中的大忌。

入乡随俗，客随主便。听了一番介绍，众客中规中矩地品尝起这带有浓烈徽州乡村风味的一品锅来。只见鸭子夹呈半月形,金黄色,咬上一口，一股鸭蛋香沁人心肺，其馅是由鲜肉末与菠菜调成；油豆腐包是当地产的空心油豆腐，装入鲜肉末、笋米、白菜等调制的馅料。据介绍，鸭子夹与油豆腐包皆拌入了炒米花，经焖煮后，米花收缩，汤水吸入其间，难怪在咀嚼时，能尝到鲜美的汤汁，大概这就是灌汤的诀窍了。在座客人虽然个个食欲颇佳，且由于旅途的劳顿，又使得人人饥肠辘辘。然而，真正坐下动起来，按食俗吃完每人份的鸭子夹和油豆腐包，又岂能撑得下去？还未吃到一半，就迫不及待地要长驱直入往下直捣红烧肉了。只见那红烧肉每块七八厘米见方，两厘米厚，肉呈酱红，其色十分诱人。据女主人介绍，做一品锅的肉必然采用带小排的五花肉，以每人两肥两瘦下锅，由于这是当地产的土猪种，其肉味极好，又很香。据一品锅烹饪师胡密芬女士介绍，不久前，她应邀去北京青年餐饮集团大酒店指导烧制一品锅，同样的肉，同样的调料，同样的量下锅，但在北京做起来，其肉却没有绩溪烧的味道。据烹饪家之见，那是水质之因了。这中菜烹饪还真讲究哩。在吃红烧肉时，同行的民俗学家李婧教授初见那大块肉，吓得不敢下筷，说这红烧肉还是小时候吃的，长大了很少尝过，也从未看到过这么大块的熟肉。在同伴的怂恿下，竟也斗胆地挟了一块肥肉品尝起来。"唔！味道果然不一样，不腻，很好吃。"随之，又来了一块排骨肉。两块肉落肚，感慨道："光吃这肉，就有不虚此行之感了。"

这是一只六层锅，锅底还有苗笋干和白萝卜，所谓锅底菜，也叫垫锅菜或搁锅菜，皆为素菜，是按季节而选用不同的蔬菜。苗笋干也叫冬笋干或扁尖，虽是干货，经水发后爆炒，再经文火焖烧，其笋脆嫩无比。锅底还有萝卜块。据胡师傅介绍，这萝卜产于当地的灵山下，从拔起到上桌，才一个多时辰哩，不仅新鲜，而且萝卜生长于沙质土壤，吃起来特别的鲜嫩。据说绩溪人在外开的徽馆，远的开到山西太原，都特地经火车托运采购绩溪灵山下萝卜作一品锅锅底。俗话说"十月萝卜赛人参"。所以秋后的一品锅，习以萝卜作锅底菜。听了介绍，挟了两块萝卜尝尝，味道确实不错，由于上面那几层菜肴油汤的融煨，这萝卜哪有不好吃之理呢？我一声"这萝卜确实比肉还好吃哩"。如同发了一道军令，引得同伴们几双筷子一齐直向萝卜捣去……

一品锅虽是一道普通的锅菜，但据胡密芬师傅介绍，还有几个不普通的特点：其一，这锅菜有荤有素，其中的本味互相渗透；其二，这锅菜既有功夫菜，也有粗制菜；其三，这是体现徽菜"重火功"特点的典型徽州土菜；其四，菜肴按人份下锅，避免浪费；其五，菜肴形体分明，挟食时比较符合卫生。吃过一品锅后，再细细品味胡师傅的一番评析，让我们又同时领略了徽菜文化的深刻内涵。

沿传古今的绩溪一品锅有多种叫法，有称岭北一品锅，有称胡适一品锅，更有称为乾隆一品锅的。说它是岭北一品锅，是因为此锅最早流传于绩溪的徽岭以北的一带乡村；说它是胡适一品锅，自然因为胡适故乡在绩溪的岭北上庄村，且胡适居美时，又喜以一品锅款待宾朋，并借以炫耀家乡的饮食历史文化；说它是乾隆一品锅，来头就更大了。这源自绩溪岭北文史工作者、史志办主任王众平女

※ 胡适在美国做大使

士采集的一个民间传说。说的是清代乾隆年间，有一次，皇帝出巡江南，微服简从，自九华山东来绩溪上川（今上庄村）寻找天字坟，然后再去徽州府。行至绩溪岭北的一山坞时，天色渐暗，一天的奔波已是饥肠辘辘，于是，想找个地方歇脚觅食。走着走着，忽见山谷口有一农舍，便贸然叩门。农妇见二位陌生来客摸黑登门，先是一惊，问明缘由后，便好生伺候他们。当时，幸好中秋刚过，农妇家还有些未用完的冷菜，为尽快做好饭菜款待客人，农妇便将萝卜块、干羊角豆、红烧肉、油豆腐包等依先素后荤的次序，一层层地铺于铁锅里，烧热后端上桌来。皇上与随扈津津有味地吃着这热烘烘的民间锅菜，赞不绝口。不一会，两人将锅菜吃了个底朝天。食毕，皇上抹了抹油渍渍的嘴唇问道："这锅菜叫什么名字呢？"农妇笑答：

"怕二位官人饿着，贫妇便热了点冷菜，就将就着吃吧，这大锅菜还有什么名称，不就一锅熟么。"皇上听了说："这一锅熟的名称不雅，不如叫徽州名肴一品锅也。"事后，农妇才获知，那晚前来借食宿的不速之客竟是当朝皇上哩！一时间，农妇便成了一品锅的首创人而红遍岭北乡。村民们争相仿制她做的一品锅。由于此菜是皇上所命名，当地百姓为图吉利，每逢节日和婚嫁喜庆，皆用这一品锅款待宾朋，以至一直沿传至今。

漫话绩溪拓馃

拓馃，素为绩溪民间普通食品。未尝过此食品者，诚然不知其味之至美。我国从南到北，面饼之类品种不少，诸如大若脸盆的北方大饼，小如茶碗的南方烧饼，薄如纸张的山东烙饼……尽管各具风味，然而，绩溪的拓馃比起天南地北的各种面饼来，更有其不同凡响之处，而且耳闻许多关于拓馃的轶事，让我慢慢悟出，拓馃中有民风习俗，拓馃中有哲理文化，它是绩溪古代饮食文明的精华之一，哺育了一代代勤劳朴实的山民。

※ 拓馃

※ 烤拓馃

制作拓馃并非难事，和面擀皮，包馅，拓成扁圆形，置热锅中烙熟即成，但要做得好，却不那么简单。几道工序，一道都不能马虎。

拓馃的面坯，以面粉与水拌和揉成。讲究的做法，面粉除了和水，还要加入适量的素油，这样烙成的馃，馃皮更加酥脆。

拓馃因包馅不同而各具其味。对馅料的要求并不太高，或干或鲜，或咸或甜，或荤或素，只要主妇手艺精巧，都可制作。一般多见于干馅拓馃，以咸菜、豆黄粉、生面酱、干香椿、干萝卜丝等调馅料；鲜

※ 玉米馃

馅是以新鲜蔬菜，如菠菜、苋菜、韭菜、南瓜、角豆、萝卜等加调料做成。绩溪伏岭一带还兴以豆腐加笋菇米作馅料。甜馅则是白糖拌以芝麻粉。这些都为素馅。如果在干菜或新鲜蔬菜中加入猪肉丁，则成荤馅了。拓馃做成，烙制也有要领。火候要不紧不慢，以文火为佳。岭南的登源一带讲究以干松毛、麦秆纽作烙馃燃料。上乘的拓馃应是馃皮厚薄匀称，馅料适好，馃色玉白里透出金黄，吃起来才香脆可口，其味无穷，俗话说"打三个巴掌也舍不得放"。

拓馃是一个总称。不同粉料制作的馃皮，其名称也不同。馃皮既可用面粉做，也可用米粉或玉米粉。用米粉或玉米粉做成的馃，称米粉拓馃或玉米拓馃，米粉和玉米粉的黏性不如面粉强，包裹馅料的局限性就大了，只能包干馅、甜馅，难以包鲜馅。山里人家，大都以玉米为主粮，制作玉米馃的本事自然比山外人大。山村家庭主妇，爱用嫩玉米磨成粉浆做夹白（无馅）玉米馃，薄如纸张，入笼蒸熟后食用，香甜而润糯。烙制玉米馃与面粉馃还有一个不同之处，玉米馃在热锅中易焦，故烙到一定程度，便要起锅放到火燻（绩溪农村的一种烤

※ 做米粉馃

火用具）上以微火烘焙，火候一到，玉米馃则既香又脆，吃味不亚于当今的时髦食品"克力架"。入冬，雨雪年边，山民们无法外出，一家人围着热烘烘的火熥，边侃谈，边吃着美味的玉米馃，确也是一种天伦之乐。山里有首民谣唱道："手捧苞芦馃，脚踏木炭火，除了皇帝就是我。"充分显示了劳动人民的自豪感、幽默感。

民间，拓馃一般都作为主食。绩溪素以民风淳朴著称。民间若以拓馃款待宾朋，殷勤的主人总要准备三种以上的馅料。进餐时，先请客人吃个韭菜鸡子（蛋）拓馃，再来个笋菇拌豆腐的，然后再吃个猪肉香椿或豆黄粉的。如客人食欲尚佳，再来个芝麻糖拓馃，以调口味。从素至荤，由咸到甜，有干有鲜，令亲朋感到口福不浅。

※整理豆黄材料

绩溪地处山区，县民勤苦，每逢进山劳作，由于路途甚远，翻山越岭，往返用餐时，则要备以干粮，拓馃便是其中的一种。作干粮的拓馃，绩溪人称"冷饭馃"。为了便于携带，冷饭馃一般以干菜为馅，素馅居多。晌午一到，捡堆干柴，烧火烘焙。吃完冷饭馃，喝口山泉水，倒也是劳余中的一大快事。时入秋冬，乡村的学子也有带冷饭馃上学作中餐的。每到第四节课，他们将拓馃悄悄置于随带的放在课桌下的火桶上，那荤馅拓馃一经烘焙，不仅嗞嗞作响，且香味四溢，飘散满室，诱得同学们咽着涎水，无心听课。至今追忆起来，似觉余香未尽。

旧时，绩溪的男孩子长到十二三岁，十有六七要外出学生意，以谋生计，素有"前世不修，生在徽州，十三四岁，往外一丢"之谚。那时，交通极不便利，去江浙沪一带，全赖步行。有"忙不忙，三日到余杭"之谚，是最近的；再远些，则要八九上十天；如遇兵荒马乱，绕道要半月一月。绩溪人素来生活俭朴，为省盘缠旅费，一旦出门，也要备以干粮——拓馃。旅途所带的拓馃，绩溪人称"盘缠馃"，在绩溪旅外徽商中曾流传过"几个盘缠馃出门，几爿面馆店回家"的佳话。绩溪人就是背着盘缠馃去闯天下的。徽商每次出门（绩溪一带称外出做生意为"出门"），头天夜里，其妻就要为他赶制好几十个盘缠馃。次日，东方刚透鱼肚白，他们就背着盘缠馃悄悄赶路去了。每次出门前，他们都要在篮子里留下两个拓馃，每每如此，这是出门人的规矩，留下的一对拓馃叫"记家馃"，以示出门人对家乡亲人的眷恋之情，人情味浓极了。难怪绩溪朝奉尽管在外富得

※ 上海大嘉福酒菜馆老板邵仁卿与其夫人孩子合影

腰缠万贯，却不忘典祖，不忘为家乡修桥补路，办学兴教，济困扶贫，其善举比比皆是。

著名学者胡适博士还有个吃拓馃的故事。有一年，胡适返乡省亲，途经上海，特去唐山路澄衷学堂拜望母校老师，然后去附近的东熙华德路（今东长治路）大嘉福酒菜馆看望绩溪同乡。乡亲们为了给胡先生接风洗尘，拟设宴款待，却被胡先生婉言谢绝了。他说："我先得要谢谢乡亲们的美意，但为我一人大动干戈，就不必要了。既然大家盛情，饭还是要来吃的，但酒水不要摆了。我离家数年，多时未尝过家乡风味了，今天索性做两个拓馃吃吃就行了，让我时时记着徽州人创业的艰难。我们徽州人真是些骆驼啊！"胡适把吃拓馃与发扬徽骆驼精神联系起来，自然博得乡亲们的一阵喝彩。胡适在吃拓馃时，又讲了一件发人深省的事情：他在美国时，常与友人扯谈故里的人文习俗，以慰藉思乡之情，从徽州八百里花园说到绩溪拓馃。不知是一位友人无意中把话听岔了抑或是胡适的国语说得不脱土而被误听了，友人把"绩溪拓馃"听成了"绩溪太苦"。胡适觉得友人在故意挖苦他，弄得大家一阵不快。回到寓所，他反复思忖白天发生的事情，觉得也对。绩溪土地瘠薄，交通闭塞，难道不苦吗？假如不苦，先辈们又何须朝朝代代背着盘缠馃去闯天下呢？由于太苦，才产生了"徽骆驼"。然而，绩溪地虽瘠薄，绩溪却无赤贫。徽商的繁荣与绩溪的兴旺不是明证么。这一误会又引出这位洋博士的一番反思。民国二十三年（1934年），绩溪修志，作为特约总纂的胡适，给绩溪县志馆总纂董人老叔写信时特意关照：写县志不可但见小绩溪而不看见那更重要的大绩溪（徽商——笔者注），若无那大绩溪，小绩溪早已饿死，早已不成个局面了。"大绩溪"与"盘缠馃"结下了不解之缘。

拓馃还随着徽菜厨师的足迹传遍大江南北。清、民国时期，绩溪人在上海开办徽菜馆200多家，在全国八大菜系中，最早将徽菜打入上海市场，并在十里洋场独占鳌头。徽馆经营以徽面、徽菜为主，也经营绩溪面食小点。民国二十年（1931年），地处爱多亚路（今延安东路）大世界附近的著名徽菜馆大中楼的经理邵亦群是经营徽馆的行家。他潜心研究食客求新消费心理，在主营汤面、菜肴的同时，又聘了几位徽商妇兼营

※ 大中楼老板邵亦群老年照

拓馃。拓馃上市时，还特地请来上海《新闻报》著名的专栏记者余空我为绩溪拓馃采写报道，大造舆论。果然，绩溪拓馃刚上市，就备受顾客的青睐，居然还惊动了堂堂京剧名旦梅兰芳，当年他只有30多岁。他慕名而至大中楼品尝拓馃，并为该店题写了"徽州拓馃，古风古味，名不虚传"的赞语。大中楼也因此生意日隆，声誉鹊起。

※ 青年时代的梅兰芳

而今，绩溪及其旅外徽菜馆不仅在面食小点的经营项目中增加绩溪拓馃这一品种，且将拓馃作为一道名点供上了宴席，深受欢迎。

1987 年，绩溪旅台同胞胡泉波先生回到了阔别 40 余年的故乡，他与大陆亲人回顾了 1948 年携眷赴台时的艰难境遇。初到台时，生活无着，景况凄然，为谋生计，胡太太——一个地道的山乡妇女，又无其他手艺，只会做拓馃，于是摆起了拓馃米粥摊。开张三天，很少有人光顾，心急如焚。

※ 台胞胡泉波

当地一位好心的老奶奶点破说："这里作兴叫卖，你'哑巴'摆摊哪成？"可是，胡太太连国语也不会，更不用说客家话和当地土话了。怎么办？她一思忖，叫总比不叫好，干脆用绩溪话喊吧："卖拓馃——卖绩溪香椿拓馃！"这一叫倒灵验，路人都好奇地朝小摊望望，听不懂绩溪话的更想看个究竟，继而欲尝个味道，看的人多了，尝的人也便多起来。胡太太的手艺本来就不凡，吃的人一多，反倒使她更加不敢含糊。质量和信誉赢得了顾客，局面渐渐被打开，生意越来越旺，越做越大，绩溪拓馃竟在台湾有了名气。1952年，旅居台湾绩溪籍人士成立同乡会，会规明定每年正月第一个礼拜天举行同乡团拜会，与会者除了互祝新年、畅叙友情外，还要品尝一顿地道的家乡饭菜，以聊解同胞的思乡之愁，这顿家乡饭菜，拓馃便是其中一种。起初，同乡人数不过二三十，绩溪去台妇女本来就屈指可数，况且会做拓馃的仅有胡太太一人，每位吃两个，只要早做准备，尚能勉强应付。后来，人丁繁衍，参加团拜会的人数一年比一年多，且胡太太年岁渐大，精力不济，年轻女同胞又都是外籍人，没一个做得好的，拓馃也越发显得稀罕。同乡们都以能吃到一个拓馃自感欣慰，它寄托着同胞们对故土的思念。胡先生感慨地说："当年，在台湾能吃到一顿拓馃，等于回过一次老家。"拓馃成了"回老家"的代名词。

　　伏岭徽厨程本法还将拓粿传到国外，推向世界。1978 年，程师傅被派往我驻阿富汗使馆任厨师。次年 9 月中旬，他接到准备举行国庆三十周年宴会招待各国使节的通知，在开列菜谱时，特地安排了一道点心——香椿拓粿。但阿富汗不产香椿，管理人员特地去香港市场采购。宴会上，当一盘盘制作讲究、色泽金黄、香气诱人的香椿拓粿供上宴席时，外交使节品尝后都赞不绝口。因招待

※ 驻阿富汗使馆厨师程本法

会一般是不送菜单的，一外国使节悄悄地问身边的翻译官："这种美味食品叫什么？"翻译官一时答不上来，他不得不去烹饪间请教程师傅，被告知是"我们徽州人吃的香椿拓粿"。这又把翻译官给难住了，他一下子找不出贴切的单词将"香椿拓粿"翻译出来，只好含糊其辞地回答："这是中国的徽州饼。"使节听了高兴地伸出大拇指夸道："OK！中国徽州饼。"据说，某驻阿使馆的一位夫人还特地请人到中国使馆向程师傅请教中国徽州饼——拓粿的制作方法哩！

　　绩溪民间食俗，是一个内容十分丰富的饮食文化宝库，拓粿仅是其中普通的一种。然而，它居然从山区小县走向了大千世界，从

普通山民的餐桌登上了大雅之堂的国际宴席，可谓出尽了风头。这应归功于我们的祖先，归功于绩溪朝奉。

生活向人们揭示一种规律：某一事物一旦被钟爱的时候，人们都喜欢寻它的根。每当与爱刨根问底的记者述及绩溪拓馃种种时，他们总是"贪得无厌"地要追溯其源，这常常让人犯难。因为我们的祖先在创造它时，并未预见到它今日有如此出息，也未想到数百乃至千年以后还有人会不厌其烦地要去考证它，因此史料全无记载。为了不负记者对其一片苦心，在未得到充分有说服力的考证材料之前，不得不搜肠刮肚地把绩溪民间传了又传、老外婆给她的外孙讲了又讲的一个关于拓馃的神话故事再重复一遍：

也不知是何朝何代，有一年，绩溪一带数月无雨，田地龟裂，禾苗枯萎，颗粒无收，百姓苦不堪言。就在这一年腊月的一天，绩溪一带纷纷扬扬地下了一场鹅毛大雪，饥寒中的百姓更是愁上加愁。忽然，屋外有人叫喊："落面粉啦，老天爷落面粉啦！快来畚啊！"苍天怜悯绩溪人的苦难，真的落起面粉来了，百姓个个欣喜若狂，涌到屋外畚装面粉。老人们叩头作揖，感谢上天的恩典。待各家各户的簏、柜、仓都盛满了白白的面粉时，老天落面才告停歇。未被畚完的面粉又变成雪，化作水，流走了。绩溪百姓人人喜上眉梢，忙着准备过年了。有一天，一位农妇正在家中做拓馃，门外来了一个老乞丐，叩开农妇家的大门，乞讨拓馃，农妇见了，边揉面团边讥讽说："大家面粉吃得倒，你却沿门讨饭，真懒惰！我家姆（绩溪方言指小孩）焐屁股的拓馃还不曾做呢，你还想吃我家拓馃吗？"话刚落音，那老乞丐就瞬息不见了。次年夏天，那农妇便遭五雷轰顶之灾。打那以后，绩溪一带发生灾荒，老天爷再也不慷慨施舍了。

孩提时，听了老人这则启蒙教育的故事，都不敢糟蹋粮食，至今养成了节俭的习惯。但如今回想这则故事，却觉得"糟蹋粮食"要"遭五雷轰顶"也纯属危言耸听。而把这故事作为拓馃渊源之说也难令人置信，但历史的印迹，使拓馃蒙上了五彩斑斓的饮食文化色彩，从这一点来说，难道不值得像珍惜粮食那样珍惜这种饮食风俗吗？

从"面上浇上俏头"说开去

面条是世界性食品，内容十分丰富，要写它肯定是一部厚厚的书。作者无力涉笔，所文的是关于绩溪面条及其盖浇种种。

面条由于各地的制作工艺、烹饪方法和佐料使用的不同而各有其特色，各具其风味。

绩溪的面条有烂污面、碗头面、焖面、炒面、回锅面和凉拌面等。在这几种面食中看，也许古人已经认真地权衡过，无论从烹制的方便程度和形式表现的美观度来看，盖浇面是最适合在节日和接待中使用的了。由此，盖浇面就成了绩溪民间最流行的面食。不仅农历大年初一要吃盖浇面，且婚嫁、乔迁及寿诞等喜庆的正日中午，也都以盖浇面款待宾朋。用面条来宴客，又因其形状细长，便有了长来长往、地久天长和福寿绵长的寓意。

※ 盖浇面

※ 鸡蛋笋干盖浇面

绩溪人所说浇头，就是盖在碗头面上的菜，故称浇头菜。我发觉，现今网络报刊中都用"浇"字为多，笔者查了一下工具书，有辞典解释道："俏头，是烹调时，为增加滋味和色泽而在饭上或面上附加的东西，如香菜、青蒜、木耳、辣椒等。"很显然，这"浇"字是不是"俏"

※ 五花肉盖浇菜

字之误呢？不久前笔者受访北京《天下美食》杂志主编苟需雯女士时，向她请教过此字。她说，"四川人家把饭上、面上盖的菜叫'俏头'，这个'俏'字有俊俏的意思。这个'俏'字用在面饭上，一则为了好看，二则为了加强香味。"我又查了另一本工具书，说得更明了而具体："在面上浇上俏头"，那么，写"浇头"就是个动作过程，而"俏头"便是结果了。如此看来，文字中应写成"俏头菜"就比较准确了。

在特定的日子以汤面作为主食待客，绩溪岭南岭北皆然。而所用的俏头菜就有差别了。有次我下乡去距城170里的山乡荆州工作，那天在横坞村一丁姓村民家吃午饭，坐了一会，见主人家捧出一碗满满当当的肉菜来，又递上筷子，我自然主动站起身来跑进厨房去盛饭。不料主人家说，"今天不曾焖饭，请你吃面，已经放在桌上了！"

※ 烹饪俏头菜

我回到堂前一看，哇！这是碗面吗？怎么看也是碗菜呀！根本看不到面。只见青边碗盛了一碗五花腊肉片和油豆腐角，用筷子稍微一挑，才发现底下有爽糊糊、没有汤的汤面。于是，先挟了块豆腐角咬了一口一试，是腌制的，其感觉完全应了百姓形容的"盐罐打到菜里了"一样的咸，那腊肉之咸自不用说了。这时，女主人从厨房里走出来笑着问我："这俏头菜给你们吃咸了点吧？你们外头人都吃得淡！"呵呵！岂止是"咸了点？"我心里说。其实我的口味也蛮重的，但要应付这村民家面的盖俏，自觉功夫还没到家！好在底下硬扎扎的面条不甚咸，总算把这腊肉和腌豆腐的盖俏面勉强吃完。

后来，又因工作到了与荆州乡一山之隔的和阳乡水浪头村，许是农历正月的原因，下榻的这纪姓村民家又是煮碗俏头面给我们吃。我心想，荆州那碗面我都对付过了，和阳这碗面应该不成问题了。可是纪大嫂所做的这碗面更让我望而生畏了：葵花图案的标准大碗，又是一碗硬扎扎的无汤汤面，只见面上盖着四块厚墩墩的五花腊肉，外加一摞辣酱，比起荆州的盖俏菜，显得干脆而艳丽，干脆得盖俏菜光是净肉而无任何配料，艳丽得其辣酱把碗都映红了。同伴是当地乡干部，见我面露无以招架的表情，居然把辣酱全扫了过去，说"肉，我就爱莫能助了！"而我虽然喜爱吃肥肉，且这香喷喷的腊肉又不腻嘴，口感颇佳，但一顿吃四块肥肉，我还没有这个饮食史。后来还是把面和肉各分给了主人一半，才干净利落地完成了这顿晚餐。

综说两地的盖俏面，不能因为我怕咸畏辣而否认山里人家的盛情。满堆堆的碗头面，大块头的咸腊肉，人家真舍得！看似粗俗，

※ 做俏头菜的燕笋

※ 鄣笋

也是一方民风。山里人干体力活的，哪能同城里人一样秀气？他们汗出得多，钠离子消耗得多，自然要在饮食中得到及时的补充；没有那高脂的饮食，焉能对付繁重的体力劳动？一方盖俏有一方盖俏的特色，自然也有一方盖俏的理由。

大腊肉盖俏面仅以荆州、和阳两乡为著。绩溪其他地方的盖俏菜就大同小异了，皆以三丝为多，如绩西北的尚田、板桥、校头一带虽以肉丝、干丝、笋丝为俏头菜，但以前未栽燕竹时，都以另一种风味的野竹笋丝见多。

岭北的上庄一带过去少有竹笋，都是以煎豆腐条炒肉丝作盖俏菜。这煎豆腐又是这地方的特色，是一种豆腐经压榨后成为豆腐干，不经卤制，只放少许油贴热锅煎制而成，煎制目的是利于保存。近

些年这里竹笋发展了，盖俏菜也丰富起来，改炒两丝为三丝、四丝了，如煎豆腐条炒肉丝、香菇丝或笋丝。炒三丝、四丝均为岭北现行的、约定俗成的盖俏菜。但也不乏创新者。有一年笔者于正月初三去上庄一旅港徽商程振华先生府上慰问，正月初头，程家自然以盖俏面款待，那碗面的盖俏给我印象颇深：一只挑沿的青花瓷碗，约三两面条，面上盖俏有五六种菜，除了炒肉丝、干丝、冬笋丝外，还有两棵小菠菜、两个金钱菇，外加两片红艳艳的火腿片。一见这菜肴丰富、色泽缤纷的俏头菜，令人食欲顿开！这不得不让人赞叹主人的热情与别出心裁！

若说汤面盖俏何处最正宗，当数登源伏岭镇了。这里是名厨辈出的地方，素誉"徽厨之乡"，民间做的俏头菜虽然也是以三丝为主，但以制作精细见长。由于长期烹饪传统的影响，这里民间十分考究食材的应用。豆腐干选用不软不硬但却又有劲道的作干丝，切得颇细却又不断碎；肉丝也切得很细，且以薄浆渍过后过油，这肉丝吃起来就很滑嫩；其笋丝是选用村东海拔千米以上的大鄣山燕笋干作材料。鄣笋由于生长在高山背阴的土脉厚良之处，故笋肉肥厚而质嫩，以浸泡后撕成笋丝切段与干丝、肉丝共炒而成俏头菜。为了加强其味，也有人家配以野香菇丝，调入开洋共炒的，这些山珍海味的切入，确使盖俏菜的鲜味提升不少。面条煮制讲究宽汤紧面，爽烂恰到好处。盖俏菜浇于面上，再撒上葱花、胡椒，由于面汤热气的熏蒸作用，使该面端上桌来，散发出一股股诱人的醇香。

说起伏岭的盖俏面，自然想到伏岭人开的面馆店。明清时期，伏岭人就是凭着这精湛的烹饪手艺，伴随着徽商的笔墨纸砚茶等土特产品进入苏南浙北一带城市，把徽面推向境外市场，后在大半个中国百余市镇开办徽面馆数百家。不过，当年闯出境外徽面馆经营的盖俏面与伏岭乡间的盖俏面从面条加工、烹饪制作和俏头菜的种类等方面相比则完全不同。当年的徽面全靠手工制作，先在大面缸中把面粉兑水和成面团，然后，将面团放到大案板上，用一根粗如小碗口、长约六尺、一端活动一端半固定的面棍反复来回按压，直至压成面皮，

※ 加工索面

折叠后切成面条。煮制方法也不尽相同，面条初煮后，还要依食客需要，兑入盖俏菜的汤汁复煮，使其入味，盛碗后浇上相应的盖俏菜即成。比如，顾客点食牛肉面，即用牛肉汤煮制，盛碗后盖上牛肉作俏头菜。这种徽面面形爽滑，味在其中。

徽面的特点是俏头菜的品种丰富，计有三十多种，如阳春面、

干丝面、三丝面、炸酱面、肉丝面、牛肉面、羊肉面、鳝丝面、爆鱼面、划水面、火鸡面、蛋花面、鸡丝面、大排面、雪菜笋丝面等。

当年，徽面馆在我国长江流域至大西南一带的各大中城市红极一时。以至于数十年后的今天，西南一些城市仍有餐馆还延续着这种独具徽派风味特色的面食。

几年前，笔者曾南下湖南衡阳市走亲。亲家邀我去一家叫"中豪面馆店"用早餐，并告诉我这是一家在本地较有影响的面条、米线专营店，经营十余年了，生意一直红火。听说是面馆店，又引起了我的兴趣。进入餐馆，我下意识地走到柜台

※ 索面

前看餐牌，这一看让我感到有些意外，这些盖俏菜与当年我伏岭人在上海等地开办的徽面馆的盖俏菜有着惊人的相似。我托服务员请来了面馆老板。从与其交流中获知，是其父亲为他策划开办这爿面馆店的。据他父亲说，抗战期间，曾有安徽的徽州人在衡阳开过很多徽面馆，经营各式盖俏面，生意十分火爆，叫他开一爿试试。果不其然，创办十多年了，经营长盛不衰，给他带来丰厚的回报。他

　　计划扩大经营，打造"中豪"连锁店。谈话间，只见客人络绎不绝来店吃面，20多桌的一个大餐厅，不一会便坐得严严实实，这无形中验证了店老板的话是真的，同时也体现了徽式盖俏面确有一定的生命力！

　　徽面是绩溪饮食的土特产，要传承她除了自身的历史影响外，而今还需要通过多渠道、多形式的竭力推崇，方能在广大的饮食市场上建立徽面的地位。他山之石，可以攻玉。外地经验值得借鉴。

　　20世纪80年代，有一次我去河南洛阳考察地方志工作，在其市区见到大街小巷到处是"河南烩面"的大幅广告，这是一种什么样的面食呢？这么引人关注！我特地建议考察团安排一顿河南烩面，以一品其美味。某日，我们一行来到一个餐馆，坐定后，不到半个时辰，服务员就捧着托盘把烩面送上桌来了。当我第一眼见到面碗时，就让我有些惊异，这碗简直如马王堆出土的那种又大又厚又粗糙的熟褐色古陶碗。"此碗价值连城啊！"我脱口而出。同伴夸张地说，"这碗我跳下去准会被淹死。"可见其碗之大。再看碗内，这河南烩面却不是我想象中的面条，而是一碗面皮汤，上面的盖着海带、粉条及星星点点的肉末作俏头菜。我未尝其味，心里就一下子冒出三个问号：烩面不满，为何用这么大的碗盛装？海带与粉条搭配是否合理？这么一碗粗俗的所谓烩面，值得那么铺天盖地去打广告？我又

※ 民间办喜事做盖俏面款待宾客

立马给自己找到了答案：碗大，说明北方大气、好客、热情，海带、粉丝、肉末搭配莫不是体现绘画艺术的点线面在烹饪中巧妙结合的运用？为什么打广告，那是人家重视宣传，重视推介自身。想想我们老家的徽面，哪一点比不上"陕西烩面"呢？为什么不注意利用传媒形式来推销自身呢？是徽人太内敛、太低调、太保守了吗？以上问题是笔者留给现如今徽面、徽菜经营者们的课外作业。